MICRÓBIOS NA CRUZ

micróbios na cruz

MARCIA CAMARGOS

Companhia Das Letras

Capa
RAUL LOUREIRO
sobre foto de arquivo pessoal

Preparação
MÁRCIA COPOLA

Revisão
CARMEN S. DA COSTA
ANA MARIA BARBOSA

Os personagens e as situações desta obra
são reais apenas no universo da ficção;
não se referem a pessoas e fatos concretos,
e sobre eles não emitem opinião.

Dados Internacionais de Catalogação na Publicação (CIP)
Câmara Brasileira do Livro, SP, Brasil

Camargos, Marcia
Micróbios na cruz / Marcia Camargos — São Paulo :
Companhia das Letras, 2005.

ISBN 85-359-0662-2

1. Ficção brasileira I. Título.

05-3745 CDD-869.93

Índice para catálogo sistemático:
1. Ficção: Literatura brasileira 869.93

[2005]

EDITORA SCHWARCZ LTDA.
Rua Bandeira Paulista 702 cj. 32
04532-002 – São Paulo – SP
Telefone (11) 3707-3500
Fax (11) 3707-3501
www.companhiadasletras.com.br

micróbios na cruz

I

Estico os braços para a silhueta da mulher recortada contra o sol. Mal posso distinguir seu rosto na luminosidade, mas sei que tem pele clara, lábios rosados que raramente vêem o colorido de um batom e olhos molengas, escorridos pelos cantos, como se fosse chorar de repente. Ela não se move, deduzo que devo gritar para chamar atenção. Daqui de baixo solto um arremedo de choro, encho os pulmões, engasgo, tusso, e no desespero acho forças para berrar alto:

"Eu quero a mamãe Tininhaaaa!!!"

Ela leva um susto, vira-se e, dando-se conta da minha existência, me ergue do carrinho. Bato os pés de contentamento como faço quando tenho meus desejos atendidos. Não que eu desgoste do colo da irmã dela, minha outra mãe, só que, na verdade, depois da Mãe Principal a mamãe Tininha é a mais cheirosa. Morro de pena das outras crianças, obrigadas a se contentar com uma mãe apenas, eu tive a sorte de nascer com três mães e não posso me queixar da vida, quando uma está ocupada, a outra fica à minha disposição e, na falta de todas, o que dificilmente ocorre, conto com meu tio. Brincalhão, ele tem um cheiro acre-ocre de cigarro de palha e solta fumaça em rodinhas para me fazer rir.

Engraçado... Apesar de ser marido da Mãe Principal, que também é minha madrinha, ele não é meu pai e sim meu tio. Os irmãos das minhas outras mães não são meus tios nem meus pais, só primos, e, assim como eu, minhas outras mães são filhas da Mãe Principal, mas não são minhas irmãs. O mundo adulto tem uma lógica especial, com relações de parentesco complicadas de entender. Mesmo com tantas mães, não tenho nem sequer um pai, o que não me afeta, pois meu tio, que me apelidou de Formiguinha, cumpre o papel sem demonstrar mau humor nem quando é obrigado a usar a cama de solteiro que puseram no quarto deles porque me recuso a ir para o berço. É muito mais gostoso passar a noite deitada junto da Mãe Principal, com um respirar pausado e o dom de espantar os medos para longe, perto dela não há pesadelo nem monstro, ela me acalma como a figura do anjo de asas amarrotadas sobre a cabeceira.

Antes de dormir ela veste uma camisola branca de mangas compridas e solta os cabelos presos em coque por uma espécie de pente marrom. Se ela soubesse como fica bonita assim, nem pensava duas vezes antes de se trocar logo cedinho, escolhendo uma saia-e-blusa dentre as de ficar em casa, separadas de um lado do armário daquelas de sair, de fazer visita, receber alguém importante, ir a enterro ou velório. O único lugar para onde vamos sem pôr roupa nova é a casa da minha avó, logo defronte — ela não se inclui entre as visitas-de-cerimônia, a qualquer hora a Mãe Principal dá um pulo lá sem ao menos se dar o trabalho de tirar os sapatos gastos, na verdade um tipo de sandália que recobre o pé inteiro, deixando só um pedacinho do dedão à mostra, e cujas laterais estufam por causa do joanete, que deforma até os pares novinhos em folha sobre os quais às vezes tento me equilibrar.

O dia mais cintilante da semana é o domingo. Logo cedo, quando todos saem para ir à missa, ficamos só as duas, eu e minha Mãe Principal, no silêncio do casarão vazio. Embora reze comigo toda noite, ela nunca os acompanha à igreja, porque está sempre muito Ocupada, mas não tem medo de ir para o Inferno, Deus sabe que há coisas de mais para dar conta, quase não sobra tempo para tomar banho e menos ainda para ir ao dentista, aonde não vai já faz dez anos.

Em geral ela não pára um minuto, tem que arrumar as camas, retirar o lixo e preparar a comida, enquanto eu a sigo pelos cômodos como uma sombra, tentando não atrapalhar, embora às vezes fique no meio do caminho, obrigando-a a diminuir o ritmo de alguma tarefa. Mas hoje, surpreendentemente, ela parece tranqüila, acha uma brecha e me leva de carrinho para uma volta no jardim, vamos almoçar na casa dos meus avós e não há necessidade de cozinhar. Daí ela penteia meus cabelos finos com uma escova molinha, me põe um vestido do enxoval encomendado na modista mais cara da cidade e me deixa toda engomada com a recomendação de me mexer o mínimo possível para não amassar.

Nada como ser o xodó dos primos, tias e tios, eles comem esquisitices que me dão para experimentar, engulo sem sentir o gosto, nem ligo para isso, o melhor de tudo é mudar de colo, basta fazer cara de birra e apontar com o dedo para passar de um braço para outro, todos fazem festa e me disputam, especialmente as primas, que são lindas apesar de não chegarem aos pés das minhas mães. A algazarra das vozes me atordoa, os perfumes diferentes embrulham meu estômago, os aromas se embaralham, e um enjôo aperta minha barriga. Encaro a tia de olhos verdes e lábios carnudos, cujo penteado é mantido firme por uma dose descomunal de laquê, pode correr e pular que não desmancha um fio, mas o cheiro do produto é demais para minhas entranhas, sem aviso algum vomito sobre o vestido dela a mistura de leite, carne assada, angu, pé-de-moleque e biscoito de polvilho.

Aflita, a Mãe Principal acode, com uma fralda tenta conter as golfadas que não param, sou levada para junto da minha avó, só que os lençóis não têm o cheiro reconfortante da cama em que durmo e a náusea fica ainda mais forte, até se tornar insuportável. Concentro-me, tento respirar, alguma coisa gruda na minha garganta e me sufoca, procuro forças, as mesmas que conjuro quando quero dar um berro, mas de repente sou tomada por uma fraqueza sem precedentes e me deixo carregar por uma lassidão macia de algodão-doce.

"Pelo amor de Deus, acorda!" O desespero da Mãe Principal me faz tremer de pena, abro os olhos devagar e recebo como recompensa um sorriso cheio de lágrimas. Ela pousa a mão sobre minha barriga, uma quentura me invade e a dor se esvai de dentro para fora até desaparecer, como se tivesse o dom da cura de Jesus, que ressuscitou um morto desse jeitinho mesmo. Todos suspiram aliviados, inclusive minha avó, coitada, aquela de cabelos azulados de tão brancos, pingentes brilhantes nas orelhas espichadas pelos brincos, anéis e pulseiras que põe mesmo sem nenhuma visita-de-cerimônia em casa. Fico encantada com a largura dos seus quadris e a bengala na qual se apóia e que às vezes usa para bater de leve em algum neto levado, o rosto miúdo de nariz aquilino desproporcional ao restante do corpo, é redonda e baixa, assim mesmo meu avô, dos seus quase dois metros de altura, faz tudo o que ela manda, igual ao meu tio com a Mãe Principal, por isso quando crescer quero um marido como eles, bonzinho e compreensivo, serei mandona e muito Ocupada, com milhares de coisas para fazer o dia inteiro.

2

Pelos cochichos, fiquei um bom tempo desacordada, levaram um susto danado, meus lábios arroxearam, quase morri. O resultado da confusão materializou-se num novo personagem que entra na minha vida: acabo de descobrir que tenho um pai. Já vira aquele fulano de estatura mediana e bigode marrom conversando com meu tio, mas nunca me disseram nada, nem ele parecia querer se aproximar de mim. Agora contam que ele chegará amanhã, fico na expectativa. A Mãe Principal não desgruda de mim, toma o maior cuidado com o que ponho na boca, nem precisava, enjoei por causa dos perfumes, meu cérebro não foi rápido o suficiente para classificá-los. Bem que tentei digerir as novidades olfativas, mas não consegui identificar nada familiar que me desse segurança e minhas mães estavam longe de mim, com seus cheiros conhecidos.

Meu pai é um homem esquisito, ele vem no começo da noite e dependura o chapéu e o guarda-chuva no saguão da entrada. Estão reunidos na sala-de-visitas-de-cerimônia, o que me faz deduzir que terão uma conversa séria. Algo me diz que vão tratar do meu destino, por isso fico em silêncio e finjo me concentrar nos cubos de madeira que ganhei de presente esta manhã, enquanto tento escutar alguma palavra através da porta entreaberta.

— Nós pesamos bem, agradecemos a oferta, mas já estamos com os filhos encaminhados e ele — a Mãe Principal aponta para meu tio — acha que está velho para recomeçar do zero.

— Eu compreendo, já esperava essa resposta. — Meu pai soa sincero, ele limpa o nariz e guarda o lenço branco no bolso da calça.

— Nós podemos ir visitá-la... — é a voz dela de novo, agora esgarçada como meia de náilon que puxou o fio.

— Psiu, ainda vai demorar para virem buscar a Formiguinha de-fi-ni-ti-va-men-te. — Meu tio tenta consolar a Mãe Principal, mas seu timbre perdeu a vibração brincalhona que tanto me cativa.

— Bem, é melhor eu ir andando... — Meu pai se levanta, faz menção de sair e então, atraído pelo barulho do castelo de peças de madeira que sem querer acabo de demolir, repara na porta semi-aberta. Caminha em minha direção e hesita por alguns instantes, indeciso se me pega no colo ou se deixa para lá, pela primeira vez ele me olha de um modo diferente. Por um segundo quase desejo que me levante nos braços, mas antes que eu esboce uma reação ele aperta o passo e sai com pressa, como se fugisse de alguma coisa.

Fingindo estar alegre, meu tio me coloca de cavalinho sobre os joelhos, segura minhas mãos com firmeza, balança para a frente e para trás, me deixa cair de mentirinha para me trazer de volta.

— Bambalalão, senhor capitão, espada na cinta e ginete na mão!

O riso dele vibra no meu, os olhos azuis soltam faíscas de tanto brilho, neste momento daria tudo para capturar numa caixinha o cheiro de fumo de corda misturado com a palha que ele traz da fazenda.

— Vem cá, Formiguinha.

Gosto quando ele me chama assim, mas agora o tom soa estranho, e, no fundo, tenho medo de descobrir por quê. Ele sacode a cabeça, pressinto algo desfocado como fotografia tremida e dali a uns dias, mal recuperada do baque de saber da existência de um pai, me avisam que tenho uma Mãe Verdadeira. A expressão dele e da Mãe Principal me assombra, eu queria poder tranqüilizá-los, explicar que jamais iria trocá-los por nenhum pai ou mãe deste mundo, por mais verdadeiros que fossem.

A semana passa sem sobressaltos, já faz séculos que o moço que se dizia meu pai dirigiu para mim um olhar consternado. Nesse meio-tempo pretendo que nada mudou nem mudará nunca, sigo com minha vidinha, mas passo a reparar com atenção redobrada no assovio do meu primo ao chegar da escola, na gargalhada do outro quando vence uma partida de futebol de botão, no cheiro levemente ruivo dos cabelos da minha mãe mais nova e nos olhos molengas da mamãe Tininha. Registro a pressão dos dedos angulosos do meu tio nas raras demonstrações de carinho explícito, enquanto seus lábios finos, que escondem dentes amarelecidos pelos cigarros de palha, esboçam um sorriso discreto. Acima de tudo, retenho a imagem da Mãe Principal — terna, de aparência descuidada, com roupas mal-ajambradas e cabelos colhidos às pressas. Respiro seu arrastar de sandálias no soalho de tacos que às vezes se soltam em armadilhas para meus passos ainda incertos nos aposentos de teto tão alto que só os anjos conseguem alcançar.

3

Acordo no meio da noite e é pura escuridão. Ou quase, pois da fresta debaixo da porta uma luz tênue desenha o contorno dos móveis e lança, aqui e ali, reflexos oblíquos nas paredes. Espreguiço de leve, vou retomar o sono, e, só para me certificar, busco com a ponta dos dedos a quentura relaxante da Mãe Principal, roço a palma das mãos pelos lençóis e dentro de mim soa um alarme, não a encontro, nem ela nem seu perfume de alfazema. Estico os braços e alcanço a borda da cama, arregalo os olhos e na penumbra distingo grades de madeira cuja textura não é a mesma do meu antigo berço no quarto da Mãe Principal.

Não imagino como vim parar aqui, no meio do nada, num lugar sem nenhum dos cheiros que fazem parte da minha vida. Engasgo, limpo a garganta e no vácuo que se abre acho, afinal, uma explicação, tudo não passa de um pesadelo, basta fechar os olhos que ele vai embora, assim tento resgatar o sono, mas uma desconfiança afiada me mantém acordada. Mais alguns minutos e constato a verdade. Estou longe da minha família, das minhas mães, tio e primos, era o que eles tentavam me transmitir nos últimos dias de convívio, depois da conversa com o moço de bigode. Não consigo atinar que pecado cometi para merecer tamanha punição, mesmo sem compreender as frases desconexas, procurava acompanhar minhas mães nas orações antes de dormir, tinha certeza que Deus aceitava meus balbucios como ensaio de preces completas, agora duvido, vai ver Ele queria que eu dissesse a Ave-Maria-cheia-de-graça-o-Senhor-é-convosco e o Pai-Nosso-que-estais-no-Céu-perdoai-nossos-pecados do começo ao fim, sem me deixar levar pela tentação de observar o brilho que emanava das minhas mães como de aura de santa enquanto rezavam sob a imagem do anjo de asas amarrotadas. De repente minha cabeça pesa, um cansaço muito antigo baixa sobre mim e desapareço entre as brumas de um sono espesso.

Torno a despertar, já está claro o suficiente para eu descobrir que as sensações incômodas não vêm de um pesadelo, elas são reais e palpáveis, estão neste quarto que nunca vi antes, completamente desconhecido. O choro começa fraquinho, quase um fiapo, não demora e vira um berreiro que atrai os adultos à volta do meu berço, reconheço apenas o homem de bigode, ao lado de uma mulher que me olha atônita por detrás de uns óculos com armação de gatinho. Eles fazem gestos e dialogam entre si à frente de duas senhoras, cujas silhuetas mal distingo no meio da torrente de lágrimas desta angústia que me devora como o monstro marinho de um livro antigo das minhas mães.

— Eu quero a mamãe Tininhanha! — o grito ecoa pelo aposento de pé-direito alto, sacode o lustre arredondado e volta para mim, feito eco. Eles se entreolham, a que se diz minha Mãe Verdadeira me retira do berço, a princípio tento relaxar, esboço um sorriso, mas o cheiro de nicotina entra pelas minhas narinas, cutuca minha barriga e eu lanço sobre ela um jato tão forte de vômito que encharca seu vestido de decote pontudo. Ela hesita, me recoloca na cama e sai do quarto aos prantos, como se estivesse machucada. Eu sinto remorso por magoá-la, mas será que ela não enxerga meu sofrimento, longe da minha família, das minhas mães, tio e primos? Sucumbo num oceano de líquidos, em ondas com sabor de leite coalhado, mas ainda mantenho a consciência para escutar os sussurros que não raro sobem de tom.

— É melhor procurar um médico.

Minha Mãe Verdadeira assoa o nariz e faz um barulho gozado.

— Se ela morrer, quero ter o consolo de que não foi culpa nossa.

— Larga de ser exagerada! É só uma crise de otite!

— Mas com quarenta graus de febre!

— Pára de fazer dramalhão. — A voz masculina está visivelmente alterada, a da mulher, trincada, sem brilho.

— Nessa friagem, se pega uma pneumonia, ela acaba morrendo...

— O alto da serra não é o fim do mundo. Se for preciso, num instante estamos no hospital.

— Você devia ter deixado ela em Belorizonte.

— Sua irmã e seu cunhado é que não quiseram. Era muita responsabilidade.

Então minha Mãe Verdadeira tira os óculos para limpar as lentes embaçadas e dá para perceber seu abatimento. Quase fico com pena dela, coitada, que funga e me lança um olhar como se fosse de despedida.

— Se soubesse que só ia dar preocupação e contrariedade, nem tinha rezado tanto pra ter essa menina...

Os sons se sucedem ao longe. Já não tento compreender nem me revoltar. Lembro da quentura de agasalho quando fiquei desacordada na casa da minha avó. Mantenho os olhos fechados, sinto meu corpo cada vez mais leve, devagar ele vai deixando o berço e lá de cima me vejo deitada, imóvel, bonita feito um anjo a quem só faltam cabelos loiros encaracolados. Agora não tenho medo, fome, nem nada. Só uma paz silenciosa, toda feita dos cheiros que sempre amei, as cores não importam, aqui tudo é transparente como na barriga da minha mãe, seja ela quem for.

Desapareço no sono profundo. Esfumaço. Quero evaporar no vazio, só que hoje escuto uma voz suculenta e, pela primeira vez, a curiosidade me pinica. Ela canta num tom suave, como fazia a Mãe Principal quando me punha na cama, a melodia penetra meus poros e vai me cicatrizando por dentro, faço um grande esforço e por fim consigo despregar as pálpebras. A dona da música tem a pele cor de chocolate e olhinhos miúdos que parecem furar você para enxergar a alma, os braços são macios, o colo, aconchegante e o andar lembra uma cadeira de balanço que não range. Olho à minha volta e tenho uma vaga memória de tudo aquilo, por isso nem estranho quando minha Mãe Verdadeira entra, dá um sorriso largo e um beijo na minha testa. Reconheço o cheiro dela, a nicotina amenizada pela frescura do banho recente, e devolvo um sorriso conciliador. Estamos temporariamente pacificadas.

4

Como tenho que enfrentar uma situação inusitada de órfã com pai e mãe verdadeiros vivos, resolvo explorar o novo endereço, saio pelo casarão procurando reter imagens e cheiros para substituir meu arquivo de memórias. As lembranças do passado feliz recuam como maré vazante, sobra um oco com o qual aprendo a conviver. Em sonhos, revejo minha família — tio, primos e mães, cuja doçura não se apagava nem quando ralhavam comigo. Adoro dormir só para recebê-los escondido, pressentir a carícia do meu tio congelada a meio caminho enquanto solta fumaça do cigarro de palha. Fazendo descobertas à minha volta, recarrego as baterias e, à medida que me reinvento, as recordações vão se tornando mais e mais raras.

Para sobreviver, faço alianças estratégicas. Meu irmão mais velho — sim, tenho um irmão! — detesta que eu o siga pelo quintal, mas, como conhece o lugar melhor do que ninguém, ele representa uma fonte confiável em minha busca de contornos neste sobrado apelidado de castelo mas que não tem princesa, rei, nem fada nem nada. A mulher que toma conta de mim é outra que fornece dados preciosos para recompor meus horizontes, ela se empenha de tal forma em me conquistar que, no fim de algum tempo, acredito que realmente gosta de mim quase tanto quanto minha mãe gosta da minha irmã, que também descobri agorinha.

Não admira que ela desperte atenções, é uma boneca cheirosa de pele clara e cabelos encaracolados e não lisos como o meu. Neles minha mãe cola um lacinho rosa, que acaba caindo conforme ela se mexe. Esta tarde, porém, meu irmão tem uma idéia brilhante, entra no quarto do meu pai e da minha mãe e, quando a vê dormindo igual a um anjo, por entre as grades do berço rouba a chupeta dela, que a dele jogaram fora, e espeta a fita com um alfinete. Fico maravilhada com sua maldade, não há limites sobre o quanto se pode aprender com os meninos maiores, só que ela abre um berreiro, ele se livra da chupeta e desaparece. O alfinete fica ali, metade para fora e metade para dentro, e antes que eu complete o serviço minha mãe o retira apressada e limpa as gotas de sangue que brotam do couro cabeludo da minha irmãzinha, ao passo que meu irmão fica sumido até a hora do jantar, está com medo, mas por mim devia ser premiado pela esperteza.

Como eu, minha irmã só toma leite em pó, é higiênico e prático, sobretudo quando temos um produto tão moderno, que se dissolve ins-tan-ta-nea-men-te na água! Olho os filhotes da cadela que meu pai ganhou de presente e suspiro, orgulhosa da superioridade humana. Os cãezinhos mamam sem parar numa lambança nojenta, mas, enquanto observo, minha pena se transforma em inveja, e de repente desejo um peito ao redor do qual possa ajeitar os lábios e sugar, sentir cócegas na ponta da língua e o calor de uma pele contra meu rosto, não custa experimentar, nem que seja para tirar as dúvidas. Enxoto os cachorrinhos, deito no chão e me enfio entre as patas traseiras da cadela, mas ela percebe minhas intenções e foge pela porta dos fundos.

5

"Quando crescer vou usar saia justa e salto alto!"

Do último degrau, o pintor solta uma gargalhada que sacode a escada inteira. É um homenzarrão bem mais preto do que a Bá, e por isso sempre que abre o sorriso de dentes brancos que até arde na vista seu rosto se ilumina feito um sol. Passo horas a fio sentada perto de onde ele trabalha, dizendo tudo o que vem na minha cabeça, e quando me faltam idéias invento histórias de mentirinha, que vão se emendando umas nas outras. Falo que quando for grande vou raspar as sobrancelhas para desenhar com lápis que nem as da minha mãe e usar peruca para ter várias delas, é mais prático e nem precisa ficar lavando a cabeça todo santo dia. Sobre minhas antigas mães, tio e primos, prefiro manter silêncio, aprendi que pensar neles é como tirar casquinha de ferida, que sangra de novo, dói e leva outro tempão para cicatrizar. Se o pintor afasta a escada eu o sigo feito uma sombra, ele jamais se cansa de me ouvir, e quando ri lá de cima sinto como se Deus em pessoa estivesse acompanhando tudo ali do Céu.

É bom que haja alguém sorrindo nesta casa, pois meu pai anda de cara amarrada, ouvi sobre uma greve dos operários, não tenho noção do que se trata, mas bom não há de ser, a julgar pelos modos dele. Para agravar a situação, minha irmã pega uma febre alta que ninguém consegue baixar. Os adultos andam de um lado para o outro, cochicham entre si e disparam longos telefonemas do aparelho preto que fica no escritório, ela não dá sinais de melhora, acaba sendo levada para o hospital e eu sou transferida para o bercinho no quarto do meu pai e da minha mãe e desta vez recebo atenção dobrada. À noite minha mãe e eu rezamos para ela sarar e voltar para casa, mas por outro lado fico pensando que, se Deus resolver chamá-la para perto Dele, não vou chorar, Ele sabe o que faz. Não seria má idéia, pois a alma dos bebês vai direto para o Céu, eles ganham asas e ficam sentados no colo de Nosso Senhor porque não têm nenhum pecado mortal e eu poria uma medalhinha com a foto dela pendurada no pescoço para ficar exibindo minha irmã que virou anjo. É claro que no início minha mãe ficaria triste, mas eu a consolava e ela se recuperava, mesmo porque ainda sobrariam dois filhos, o suficiente para mantê-la, como sempre, muito Ocupada.

Só que minha irmãzinha não morre nem nada e em duas semanas está de volta mais rosada do que nunca. Faz um frio danado lá fora, três das seis lareiras da casa estão acesas e minha mãe chora numa poltrona, resmungando que não agüenta mais viver neste fim de linha sem uma amiga com quem falar nem uma loja para fazer compras, imagine se em Belorizonte descobrirem que nem mobília nova tem, para evitar despesa meu pai mandou desmontar um dos vagões de luxo que ia até Santos e aproveitou as cadeiras de vime da Índia, bancos, armário, tapetes e até a mesa de jantar em pinho-de-riga, as cortinas ela mesma costurou com tecido cru que encomendou da fábrica de Uberaba. Por isso está desconsolada em ter concordado viver nos cafundós, onde não pode nem usar os tailleurs que trouxe dos Estados Unidos, os dois engenheiros e suas esposas, um casal russo e outro inglês, são gente esquisita e muito fechada.

— Aqui só vejo os empregados portugueses, que não têm nível para conversar.

Ela esfrega na cara do meu pai, quando era solteira tinha do bom e do melhor, por causa do sobrenome todo mundo estendia um tapete vermelho por onde passasse, no fundo até se arrepende de ter jogado lança-perfume no rosto dele no Carnaval do Automóvel Clube para despistar a moça com quem dançava e acabarem se casando e tudo. Ele responde que não ganha mesada de sogro, tem que cavar com o suor do rosto o sustento da família.

— Se está tão infeliz, por que não pega suas coisas e

vai para a casa da sua mãe? — Os olhos dele soltam faíscas e o bigode tremelica sobre o lábio superior.

— Não vou te dar esse gostinho, casou comigo e não vai se livrar de mim tão fácil!

De um canto da sala meu irmão observa e enxuga o rosto com a manga da blusa. Minha irmãzinha tem uma recaída, meu ouvido está estourando, de dentro dele vaza um líquido amarelado que meleca o travesseiro. Minha mãe ameaça se mudar com os filhos que assim vão acabar morrendo de pneumonia ou tuberculose, as brigas continuam noite e dia, se multiplicam como a greve que paralisa a ferrovia e nos isola no alto da serra. Com a paciência no limite, meu pai arruma uma caminhonete Ford emprestada pela ferrovia e mudamos para a cidade grande.

A casa nova de dois andares é geminada numa das laterais. Enquanto descarregam, noto no canto do jardim da frente uma torneira pingando, ainda não sarei direito, mas a água é irresistível, me ensopo e me lambuzo até descobrirem. Às lágrimas, minha mãe me dá banho e me põe na cama dela sem chamar o médico, meu pai mesmo aplica uma injeção superdolorida mas que cura num instante, antes ele ferveu a seringa na própria caixinha de ferro com álcool e fogo. De nada adiantaram meus protestos, ele já está pelas tampas comigo doente, ainda mais numa hora dessas, com a casa de pernas para o ar.

Na primeira noite dormimos em colchonetes, mas em poucos dias tudo entra nos eixos. Contente, minha mãe diz que agora só falta trocar os móveis da sala para poder receber visitas-de-cerimônia sem passar vergonha. Minha irmã e eu ganhamos mobília novinha, meu irmão fica com a antiga, ele é menino e isso não tem importância. Sempre deixo a luz azul do abajur acesa e meu pai tranca as portas pelo lado de fora e guarda as chaves com ele na hora de dormir, se um ladrão arromba a casa, antes vai ter que matar meu pai para entrar no nosso quarto.

Às vezes desperto no meio da noite e fico atenta aos menores ruídos para ter certeza que não tem nenhum assaltante rondando o quintal. Em geral escuto apenas as vozes do meu pai e da minha mãe conversando baixinho de propósito para eu não entender, só que agora escuto nítido um farfalhar no corredor. Mesmo imóvel sob as cobertas, o bandido vai acabar me encontrando, tremo, tento gritar, mas a voz não desprende da garganta. Os minutos passam, continuo dura e tensa, nada acontece. No final, junto coragem e berro por socorro, a chave roda na fechadura e meu sangue congela. Distingo na contraluz o contorno de um homem, à primeira vista poderia ser um malfeitor, logo relaxo, é o timbre do meu pai que ecoa no quarto, ele manda eu calar a boca e dormir, respondo que tem um ladrão na casa, ele responde que era só ele mexendo na estante. Peço desculpa e invento de fazer xixi, ele manda pegar o penico debaixo da cama, insisto em ir ao banheiro e num instante estou de volta, a vontade passou, agora quero água, ele fala que não vai descer, está tudo trancado lá embaixo, embirro até ele perder a paciência e me ameaçar com uma boa sova.

Meu pai então some no vão da porta e eu me encolho na cama duvidando que ele se atrevesse a me bater no meio da madrugada, eu ia chorar tão alto que o quarteirão inteiro acordava, viro e reviro entre as cobertas com inveja do sono fundo da minha irmã, que nem se mexeu na confusão.

6

Além de brincar na piscininha de cimento do quintal, o que eu gosto é de fazer vasilhas com terra úmida, pratos, copos, panelas e travessas para deixar secando até a volta da escola. É uma delícia tocar nos potes, que viram brinquedos quase iguais aos comprados nas lojas, para mim valem muito mais, eles surgem das minhas mãos como os homens que Deus fez do barro. Só os garfos não são de mentirinha, tiro escondido do faqueiro que meu pai comprou de emergência no Mappin pagando os quatro contos que tinha na carteira porque iam dar um almoço para amigos conhecidos durante a lua-de-mel e o que iriam pensar se servissem sem talheres de prata!

Os pratinhos de barro à minha espera ajudam a encarar a chatice das tardes num lugar onde a única hora gostosa é a da merenda, apesar da garrafinha de plástico com café com leite frio cheio de nata, que vou puxando com o dedo senão embrulha o estômago e eu vomito, mas depois fico com fome e é pior. Ali passo cinco horas com meninas que usam vestidos compridos e meninos de chapeuzinho parecido com o de bispo, que vira e mexe cai e eles correm para pegar apesar de não fazer sol nem nada. Eles pouco conversam comigo e, em vez de Ave-Maria-cheia-de-graça-que-estais-no-Céu, rezam cantado numa língua diferente da missa, que também não entendo mas conheço, assim presto a maior atenção nas orações, que procuro aprender, é difícil e só consigo repetir Adonai, Adonai, Adonai, por isso no fim do semestre meu pai manda minha mãe largar de ser comodista e ir atrás de outro colégio, onde já se viu colocar a menina numa escola judia só porque fica pertinho de casa, ele diz.

Minha mãe encontra uma solução bem prática e me matricula no jardim-de-infância do clube, meu pai pagou uma fábula pelo título, temos de aproveitar o máximo, ainda mais que somos de fora, sem parentes ou amigos a não ser os vizinhos, mas nem todos têm o mesmo nível que nós. Falto logo na primeira semana, vou saltar sobre o tanque-piscina do quintal, bato na quina e abro a testa ao meio. Só percebo o corte quando o sangue escorre nos meus olhos, e chamo minha mãe, que grita de volta que está Ocupada, vou andando até a sala, e no instante em que ela me vê dá um pulo.

"O que você aprontou, meu Deus?"

Manda a empregada trazer uma toalha velha, a moça não entende e traz a do banheiro social de linho branco, que não pode usar senão lambuza de sangue, essa gente não tem mesmo um pingo de discernimento, minha mãe reclama e devolve a toalha, será que não foi clara, é aquela com um rasgo no meio, e desta vez a mulher acerta apesar de não ter o mínimo discernimento, coitada. Minha mãe enrola a toalha bem gasta na minha cabeça, grita para alguém telefonar para meu pai, que nunca está em casa quando ela mais precisa, e corre para pegar um táxi, porque justo naquele dia ele tinha ido trabalhar de carro, é um transtorno atrás do outro, só ele não percebe o martírio de cuidar da casa, fazer as compras e ainda por cima tomar providências numa emergência dessas, criança é um problema, uma Luta diária, se soubesse nem teria casado para ter filhos, sinto uma pontada no peito e aproveito que ela não vai me bater, até Deus castigava num momento desses, e começo a chorar com toda a força.

Levo seis pontos na testa e volto como herói de filme de guerra, até os vizinhos com nível inferior ao nosso querem ver os vestígios de sangue na minha roupa. Para meu espanto não sinto dor, só medo por causa da afobação da minha mãe, a blusa quase nova manchou e foi para o armário de roupa de dar para os pobres, é para eu aprender a não ficar em casa com roupa de sair, a toalha se salva, embora bem velha ainda serve para pano de chão.

Aproveito cada minuto como o centro das atenções, mas uma semana passa rápido, e logo estou recuperada para as aulas na escolinha do clube. Meu pai me larga no portão e fico fascinada com as largas janelas de vidro que dão para os jardins e com as professoras, que usam tênis dentro da sala de aula mesmo não estando praticando esporte algum. Sou a menorzinha da turma e por isso fico no início da fila, o que não me impede de ver o que acontece atrás de mim. Num dos primeiros dias a filha da diretora dá um beliscão no braço de uma menina, que chora baixinho, não me contenho, ponho o dedo no nariz dela e aviso, só porque ela é filha da diretora não pode fazer tudo com os outros, é bom parar ou eu conto para a professora, que vai contar para a diretora apesar dela ter cabelos loiros compridos e olhos azuis e tudo. Como sabe que a mãe é brava senão não seria a diretora, ela promete nunca mais beliscar ninguém, e nós acabamos ficando as três as melhores amigas.

Estudar ali é uma mão na roda, meu pai diz, aprendo tudo e ainda por cima tenho aula de natação, brinco no parquinho e no final do ano participo do desfile de Natal com o uniforme de gala, calção bufante branco em vez do vermelho do uniforme de todo dia, ganho ovo extra na Páscoa, que em casa recebo apenas um de tamanho médio para pequeno, não sou Filha-Única para ter ovão no dia certo nem ovinho antes da hora como minhas colegas que trazem durante a semana, morro de inveja e não pode, o importante é refletir sobre o mistério da Ressurreição, que fecha a Quaresma, e não se empanturrar de chocolate, que ainda empola e coça, minha mãe explica, e assim aproveito bem o clube, que meu pai pagou uma fortuna para ficar sócio.

7

Outra prova de que valeu a pena investir um dinheirão para entrar no clube é que vamos lá todo sábado, domingo e feriado, principalmente no auge do verão, quando nadamos até cansar na piscina grande, onde é proibido ir na parte funda senão afoga e morre, e mais ainda saltar do trampolim, um menino caiu de mau jeito, bateu o braço na beirada e teve que amputar, coitado. De vez em quando almoçamos no restaurante, não sempre, custa os olhos da cara, e, para conseguirmos agüentar o máximo, minha mãe compra batata frita e Q-Suco ou groselha e dá uma banana, que engana a barriga enquanto não chega a hora de ir embora. Como na volta estamos exaustos, meu pai vem antes e estaciona o carro pertinho da entrada, ele tem um pacto com Deus para encontrar a melhor vaga e num minuto chegamos em casa com fome e vontade de tomar outro banho, o calor do automóvel nos deixa suados, mas ele avisa que é desperdício e não somos milionários para gastar tanta água. Fico me controlando ao máximo para não cochilar antes do lanche, nos fins de semana misturam almoço e jantar numa só refeição, mas para compensar tem sanduíche com queijo-de-mina, presunto e tudo.

No Carnaval também aproveitamos o clube, colocamos as fantasias que minha mãe costurou na máquina Necchi italiana que prometeu deixar de herança para mim quando morrer. Meu irmão se veste de índio tupi e eu de havaiana, o colar de flores de plástico provoca coceira no pescoço, mas não posso arrancar enquanto meu pai não nos filmar com a câmara que veio dos Estados Unidos junto com a televisão e a geladeira GE que não vai acabar nunca, além do trenzinho elétrico do meu irmão, que só falta falar de tão perfeito, tem farol vermelho e verde no cruzamento dos trilhos para evitar acidente ferroviário, que pior só de avião, casa do maquinista, estação cheia de pessoinhas e um monte de vagão para transporte de mercadorias que os Americanos fabricam e vendem para o mundo inteiro, que não tem nada de mais qualidade na face da Terra, só o Opel do meu pai, uma perua formidável feita para durar até a gente ficar velho e não entendo como pode ser alemã em vez de Americana.

Às vezes meu pai bate nosso retrato para pôr no álbum e, quando minha mãe briga com alguém, ela descola a fotografia com cuidado e corta fora a pessoa inteira, mas, quando está bem no meio e não dá, ela só faz um buraco no rosto senão fica imprestável como aquela, de outro Carnaval, em que aparecem meu irmão, minha irmã, eu e minha prima Filha-Única e meu primo grandalhão fantasiados de malandro carioca com mocassim branco, que foi uma mão-de-obra ela encontrar na Vinte e Cinco de Março, nós estamos sentados na mureta de entrada do clube segurando os sacos de confete, serpentina e as bisnagas de diabo-vermelho para jogar nos outros, que depois seca e some sem manchar a roupa, ela recortou porque discutiu com minha tia e teve que tirar o sobrinho. Quando fizeram as pazes ela tentou colar de novo o pedaço, que nem tinha jogado fora porque desconfiava que iam voltar a ser amigas, pregou com durex, uma das maiores invenções do século, minha mãe nem imagina como conseguia sobreviver antigamente sem essa maravilha tão prática e moderna, ela usou de toda a habilidade e assim mesmo ficou borrado, porque papel fotográfico é muito sensível, meu pai explicou, e acabamos todos nós, eu, minha irmã, meu irmão, minha prima Filha-Única e meu primo bobalhão, dentro da lata de lixo.

À noite o calor fica intolerável e os pernilongos perturbam o sono, minha irmã, coitada, se mexe tanto que quase rola para o chão, apesar da meia grade das nossas camas. Fecho os olhos e sufoco de enjôo, escuto um barulho lá fora e desta vez é assaltante, o suor ensopa os lençóis, eu me seguro para não gritar, mas o zunido judia e acabo chamando meu pai, primeiro, com voz tímida, depois aos berros, apavorada de ser encontrada pelo ladrão antes dele destrancar a porta e me salvar.

"Paaaaaiê!" Ele finge que continua dormindo, mas eu sei que está acordado, insisto, ele entra irritado, o que foi desta vez, falo que estou com medo, mas medo de quê, se aqui nem está escuro, de ladrão, mas ele já disse que não tem ladrão nenhum, só pernilongo, por isso acende o espiral Boa-Noite e vai saindo, digo que estou enjoada, ele balança a cabeça e vai chamar minha mãe.

Meu pai sai, eu jogo as cobertas para longe e minha mãe chega justo em tempo de segurar minha testa enquanto vomito no penico. Nisso minha irmã acorda e começa a chorar, mas, em vez de acudir, agora minha mãe corre para o banheiro e, pelo som, sei que está vomitando. Passo a noite em claro, o cheiro do espiral não deixa o enjôo passar, vomito bílis com um gosto horrível de amargura.

Ao acordar ainda enjoada recebo a notícia de que vou ganhar um irmãozinho. Não preciso de outro, já tenho dois, são suficientes, mas minha mãe falou que é a vontade Dele, nosso destino está em Suas mãos e temos a obrigação de nos conformar, como ela está fazendo ao aceitar este filho que nunca pediu a Deus mas Ele deu assim mesmo. Por sorte novidade ruim vem sempre acompanhada de boa para compensar, assim fico sabendo que vamos para o casamento da minha prima em Belorizonte, até esqueço que vai chegar mais uma criança nesta família que já tem irmãos de sobra, sou escolhida para dama de honra e vou na frente para as provas do vestido, que o Alceu Pena desenhou es-pe-ci-al-men-te para a ocasião.

Com mais esta Cruz no Calvário, por causa deste filho que nunca pediu mas Deus deu assim mesmo, minha mãe pega a estrada, deixando para trás meu pai para resolver umas questões e talvez comprar a casa que namoram há um tempão. Só que a viagem não termina nunca e eu mal posso engolir o ovo cozido que trouxemos, paramos apenas para fazer xixi na beira da estrada e pôr gasolina em dois postos com banheiros imundos, que não servem nem para lavar as mãos quanto mais sentar na privada. Com pena da minha mãe, que carrega uma pequena cruz na barriga, Deus opera um milagre e o carro não quebra, por isso juro rezar trinta Ave-Marias e vinte Pai-Nossos diante do oratório logo que puser o pé na casa dos meus avós, nem um minuto antes, senão Ele esquece, deixa bater pino e esquentar como faz na subida da Anchieta engarrafada, nos obrigando a abrir o capô para o motor não ferver, seria até crime com um automóvel fabuloso destes, feito para durar a vida inteira e que meu pai trata como filho, daí eu desperdiço minhas orações à toa.

No fim do dia entramos na cidade. Acordo do sono grudento, resultado do comprimido que minha mãe dividiu entre nós três para ficarmos calados, sem dar aquela risadinha típica de provocação que sempre termina em briga até perder o controle, bater e todos nós morrermos, inclusive o bebê na barriga dela. Tremo só de pensar na possibilidade, o coitado nem para o Céu vai, com o Pecado Original só tem chance de entrar no Limbo, reservado para os pagãos, que não foram batizados, é pior que Purgatório, para onde é mandado quem cometeu muitas ofensas pequenas ou poucas de tamanho médio e se penitencia e reza e tudo, pelo menos de lá tem chance de sair um dia. Ruim mesmo é arder no Inferno pela Eternidade, não dá para escapar da brasa e dos ferros pontudos que o Capeta espeta sem parar e nem se cansa porque ele é o Diabo, uma espécie de Deus com sinal invertido, a prova é que os dois nomes começam com a mesma letra D de dado.

Dali a pouco começo a reconhecer a paisagem urbana, a fábrica Aymoré, que solta um cheiro de biscoito recém-saído do forno, como na cozinha da minha avó quando ela assa as rosquinhas de amendoim que a gente rouba ainda quentes mesmo sabendo que vão queimar a língua, depois tranca a lata no armário senão devoramos tudo num segundo e ela fica sem nada para oferecer para as visitas. Daí vêm as casinhas apinhadas de crianças sujas brincando na avenida movimentada, por isso dia-sim-dia-não alguma morre atropelada, mas é assim mesmo, porque os pais não têm dinheiro para comprar casa bonita nos bairros chiques como o da minha avó. Pergunto por que Deus fez pobre e rico, minha mãe responde que os mistérios Dele são insondáveis. Não sei o que quer dizer, mas dou graças por ter nascido numa família que, se não é milionária nem sócia da Light, ao menos possui roupa de ficar em casa e de ir à missa ou fazer visita-de-cerimônia e tudo.

8

A casa dos meus avós que eu costumava visitar com a Mãe Principal e as outras mães que são minhas primas mas que não gosto de lembrar senão dói lá dentro e machuca e lateja e tudo, fica numa rua semeada de árvores e a gente pode brincar na calçada sem medo de ser atropelado. É um sobrado cercado por mureta baixa com grades em forma de arabesco e na frente tem uma varanda de soalho vermelho com cadeiras de ferro brancas cujas almofadas de flores marrons são recolhidas à noite para não serem roubadas por alguém que passa e não resiste à tentação, o Diabo não tem necessidade de sono e por isso nunca descansa. Ao lado, na garagem proibida de entrar, meu avô guarda o Buick cinza, só que eu e meu irmão aproveitamos a distração à volta da minha irmãzinha, que nem sonha o que a espera depois de deixar de ser a caçula, eles admiram a barriga da minha mãe com olhos arregalados decerto para enxergar algo que eu mesma ainda não consigo ver, aproveitamos para surrupiar a chave e sem fazer barulho conseguimos afastar as portas de ferro pesadas e prendo a respiração diante do estofado cor de vinho de uma maciez que nunca sai da memória. Perdida no meio dos assentos, sentindo o cheiro ainda mais gostoso por ser proibido, penetro num reino parecido com o dos contos que meu pai lê à noite, pois minha mãe está Cansada demais porque passou o dia todo muito Ocupada, é a mesma sensação de quando visitamos a irmã gorducha do meu tio do cigarro de palha em sua casa rodeada por uma varanda com trepadeiras e flores delicadas, onde os pássaros fazem ninhos e cantam direto, realçando o perfume dos bolinhos nas cestas forradas com toalhas que ela borda fixando o pano numa argola para dar os pontos miúdos e coloridos, acompanhados de chá e café servido com um sorriso a desmentir que sou apenas impertinente, malcriada e uma dor de cabeça constante e tudo, por isso acho que ela não é uma pessoa comum e sim uma fada disfarçada e na hora que saímos de lá ninguém tem que lavar a louça inglesa nem nada, basta sacudir a varinha de condão e, vapt-vupt, tudo volta aos armários como num passe de mágica.

Outro local proibido na casa da minha avó é a sala-de-visitas-de-cerimônia, que ela só destranca em ocasiões especiais, quando morre alguém ou precisa ter uma conversa séria, ela fecha a porta com a chave presa na argola de ferro para ter o sossego que nunca tem em lugar nenhum da casa, só nos quartos, mas não fica bem receber visita no quarto. Gorda e com quadris enormes por causa do monte de filhos que pôs no mundo, minha avó nunca desgruda da bengala, que é como uma terceira perna para substituir a que ficou imprestável depois de um tombo tão feio que os médicos colocaram um pino lá dentro para grudar um osso no outro. Vale arriscar uma bengalada e dar ao menos uma espiadela na sala, ela nunca pára de me deslumbrar com sua frisa de gesso no teto combinando com o lustre, um botão de rosa pendurado de ponta-cabeça.

Sento no sofá de palhinha, espicho as pernas nas almofadas sem tirar os sapatos, que ninguém vê, só Deus, e Ele tem mais o que fazer do que soprar nos ouvidos da minha avó, pelo menos assim espero, mas o melhor da festa é a mesinha de mármore que se abre como uma flor, tem cinzeiro e porta-cigarros do mesmo material cinzento e gelado combinando. Não há nada mais legal do que imitar meu irmão na brincadeira que ele inventou de deitar sobre o tampo, abrir os braços, suspender as pernas e fingir que estou voando, rodo sobre mim mesma até sentir uma pontada no braço direito que me tira o fôlego.

"Já não falei um milhão de vezes que o tampo quebra, o eixo fura o estômago, as tripas saltam pra fora, e você morre sem dar tempo de chegar no hospital?"

Minha mãe capricha no beliscão e vai me puxando com força, ela reclama para minha avó, não sabe mais o que fazer, tenta nos educar e cada dia ficamos mais encapetados, minha avó diz para ela não usar esse nome, dá azar, ela tem que dominar a nervosia senão o bebê já vai nascer neurastênico. Não tenho noção do que significa, mas adorei aprender a palavra que saio balbuciando pela casa, neu-ras-tê-ni-co, neu-ras-tê-ni-co, até meu outro tio pensar que estou xingando e ir se queixar com minha avó. Apesar de ser o mais velho, ele é o único que mora com ela, porque é meio retardado e por isso nunca se casou nem nada, teve uma convulsão depois de tomar melado e sair a cavalo sem chapéu debaixo do sol escaldante quando era menino e a idade mental dele parou nos doze anos.

Ele foi até sortudo, aprendeu a ler, escrever e contar dinheiro, mas não trabalha e vive às custas do meu avô, passa o dia escutando radionovelas e um programa chamado *O Seu Repórter Esso* no aparelho Zenith que minha mãe trouxe dos Estados Unidos porque o pobre coitado não tem outra distração na vida fora a coleção de chaveiros que de vez em quando nos deixa olhar. Já juntou dois mil, e só mostra se juramos não pôr a mão e damos alguma coisa em troca, de todos, os meus prediletos são o da gota de uma marca de gasolina e o de pneuzinho, mas nem os repetidos ele dá, se um dia desaparece o original já tem o substituto. Peço para deixar a coleção para mim quando ele morrer, que eu guardaria junto com a máquina Necchi de herança quando minha mãe morrer, mas ele prometeu para minha prima e não pode voltar atrás na palavra de honra, que é pecado como gozar do cabelo dele, repartido no meio com Gumex, e das calças, que sobem até o peito presas com suspensórios, pois ele não tem nem mulher para escolher as roupas que usa, coitado. Também não pode roubar a dentadura mergulhada num copo d'água, mas a gente não resiste e apesar do nojo sai correndo com ela pingando pelo soalho, batendo a parte de cima na de baixo para provocar, ele vem atrás furioso gritando palavrão, até minha avó acudir com a bengala em punho e trancar todos nós de castigo, cada qual num lugar diferente, porque se ficamos juntos podemos brincar e aí não é mais castigo.

Fechada no quarto sento na cama alta e fico pensando no que fazer, mas ouço um barulho vindo do escritório do meu avô, onde ninguém pode entrar enquanto ele está lá dentro com o monte de revistas *National Geographic* importadas, em que toda e qualquer criança está ter-mi-nan-temen-te proibida de encostar a mão, são o xodó dele e se rasgar não dá para comprar igual na banca da esquina, demoram um tempão para chegar de navio, e além de tudo custam um dinheirão. Eu me aproximo pé ante pé e pela fresta da porta o vejo cochilando na poltrona, os óculos de aro redondo na ponta do nariz e o toco de cigarro a queimar no cinzeiro.

Tiro com cuidado a revista do colo dele, saio pisando de leve e volto para a cama de casal. Estou quase aprendendo a ler, mas por conta das ilustrações nem precisa entender o que está escrito em inglês, que minha mãe fala com meu pai quando quer conversar sobre algum assunto que não podemos saber. Logo fico cansada de tanta paisagem, ursos, onças, elefantes e leões que não tem no Brasil, só nos Estados Unidos, o país número um do universo, e pego uma edição velha da revista *O Cruzeiro*, vou virando as páginas e paro na matéria sobre o circo que pegou fogo. Arrepio inteira, não consigo desviar a vista das fotos, calculo o desespero das pessoas apanhadas pela lona em chamas despencando do teto no momento em que tentavam fugir, a pilha de sapatos que os bombeiros juntaram depois de apagar o incêndio, na pressa muitos não voltaram para buscar o par que soltou, mesmo se fosse novinho em folha, era um perigo danado, mas a maioria dos calçados pertencia a quem morreu queimado e nunca mais vai precisar deles, nem para enterrar, os pés viraram cinzas e as pernas esturricaram, as criancinhas cor de carvão ficaram irreconhecíveis, meu coração aperta diante das imagens em preto-e-branco enquanto o estômago se contrai. O castigo termina, minha avó vem me soltar, sinto uma pontada na barriga e vôo para o banheiro, mas já tem gente e vomito no corredor mesmo.

9

Minha mãe está se trocando com antecedência para o casamento porque ainda vai me preparar, conferir se meu irmão sofreu o banho da semana que ele odeia e vestiu a roupa certa para não parecer que estamos passando necessidade depois que se casou com meu pai, ela nem se importa se olhamos para a barriga pontuda, e, quando minha prima pergunta o que prefere, responde que se pudesse escolher ia querer menino, além de já ter duas filhas, mulher sofre muito, principalmente se não tiver sorte e casar com marido errado, para suportar até morrer como no caso da minha tia que se arrependeu e não tinha mais jeito, pelo menos não ficou solteirona feito as quatro irmãs de Ouro Preto, coitadas. Eu mesma sempre soube que é mais vantagem ser menino como meu irmão, faz xixi em qualquer lugar e nem precisa limpar, não liga se estão vendo a calcinha furada ao escalar muro ou a árvore da escola, que é proibido e não pode mas eu escalo assim mesmo.

Quando entro na igreja o cheiro do incenso me deixa tonta e falo para minha prima, que é mãe da minha outra prima, porque minha mãe, sendo a caçula, tem irmãs muuuuuito mais velhas, digo que desisti de ser dama de honra, ela responde que agora é tarde, meu vestido não saiu de graça, nem os sapatos de verniz preto, tipo bonequinha, eles apertam tanto que dá vontade de jogar fora, aí lembro do monte de calçados das pessoas que morreram queimadas, começo a criar caso e minha mãe me avisa para desemburrar senão vou ver quando chegar em casa, a paciência dela está a um triz de se esgotar. A música do órgão ecoa na nave lotada, mas em vez da noiva é meu pai que entra superatrasado, ficou trabalhando em São Paulo até a última hora, me vê e diz que estou parecendo uma princesa no saiote de veludo azul todo engomado com a tiara recoberta do mesmo tecido e florzinhas brancas de pano que espetam as orelhas, pergunta se vou casar de tão linda, as palavras dele me amolecem por dentro e o mau humor passa, apesar de mau humor em criança ser fome ou falta de couro, e logo que decido não fazer pirraça vejo minha prima, dama de honra junto comigo, segurando a caixinha de prata com as alianças, dou um empurrão, ela cai, abre um berreiro e eu aproveito para recolher as alianças que rolaram pelo chão.

Minha prima olha para mim com raiva, se pudesse me batia até sangrar, o carro da noiva já parou na porta, não arredo pé, a mãe dela explica que eu já fui dama de honra uma vez, não tenho um pingo de pena, ela só quer proteger a filha supermimada porque é Única e daí faz uma proposta que me soa razoável, se deixar minha prima levar as alianças depois eu trago de volta.

É claro que só no finalzinho da cerimônia me dou conta da esperteza dela, azar meu, não adianta chorar sobre o leite derramado, mais tarde desconto, quebro um dos brinquedos dela, todos tão em ordem como se tivessem acabado de chegar da loja, porque ela é Única e não tem irmãos para destruir tudo e ainda por cima a mãe sempre a enche de beijos, rola com ela no chão e abraça apertado enquanto olho com inveja, a mãe dela pode porque não tem outros filhos para cuidar e ficar muito Ocupada, a paciência dela nunca está no limite e, quando a menina adoece, por recomendação do médico vai para Marataízes tomar banho de mar, que não tem em Minas, em vez de ficar em casa na cama que pelo menos é armada no quarto do meu pai e da minha mãe e não precisa ter medo de ladrão enquanto estiver doente.

No apartamento dessa prima gosto de segurar entre os dedos um pedaço de papel imitando cigarro, o pai dela perde as estribeiras, fumar é proibido mesmo de mentirinha, e tenho que aprender a passar margarina no pão, uma camada fina é mais que suficiente, pareço menina largada e sem educação, o grave mesmo foi eu ter posto embaixo do prédio placas rabiscadas anunciando a venda da geladeira e da vitrola, já pensou se aparece um fiscal, ele berra e grita e quase me bate, sou um péssimo exemplo para a Filha-Única dele, que jamais inventaria essas bobagens sozinha, ela é Única e não tem irmãos maiores com quem aprender coisa errada, que sempre aprende, eu nem ligo, e juro que quando crescer vou fumar igual minha mãe, um atrás do outro, que acende com o isqueiro de ficar em casa e com um mais chique, de prata, para sair à noite, que solta um cheirinho de gás com gosto de felicidade igual ao do meu tio que faz rodinhas de fumaça no ar. Também não vou dar de mamar, porque tem leite em pó, que é mais prático e civilizado, e quando casar só vou ter um Filho-Único para agarrar e encher de beijo como faço com meu priminho Filho-Único de outra mãe, mas no caso dele não tem só vantagem, toda vez que saímos ele fica chorando, vê nosso carro coalhado de crianças, bóias e sacolas sumir na virada do quarteirão, e a mãe dele fala que ele é Filho-Único-de-Mãe-Solteira, embora ela seja bem casada com o pai dele, a prova é que fui a dama de honra sozinha e não junto com minha prima, daquela vez eu levei as alianças até o altar e eles enfiaram no dedo e tudo. Minha mãe diz que ela tem medo que aconteça algum acidente, se o filho morrer fica sem nenhum, quando o neném nasceu minha prima sangrava tanto que tiveram de tirar tudo de dentro da barriga dela, assim mesmo é de cortar o coração ver como o menino chora para ir junto, mas a mãe não arreda pé, há ameaças espreitando em cada esquina e tudo pode acontecer.

Com tanta reinação, um desastre horripilante não seria surpresa, se morre na hora ainda é uma bênção, mas ela conhece casos de gente que bateu a cabeça e entrou em coma durante anos e anos, consumindo as economias da família, que ficou na miséria e quando a criatura morreu não tinham um tostão nem para pagar o enterro e menos ainda para mandar coroa de flores, coitados. Teve uma que quebrou a espinha e ficou presa numa cadeira de rodas, era uma moça linda, por isso nunca se casou, nenhum marido ia querer uma mulher inútil, por mais bonita que fosse. Outro esmagou a mão esquerda, que foi amputada, ele queria ser pianista e todo mundo estava dando graças a Deus que não tinha sido a direita, e então lembraram que era canhoto, e ele acabou morrendo de desgosto pois nunca mais conseguiu tocar nem o Bife. Um bem triste era o da menininha que parecia um anjo, os olhos azuis e cabelos loiros encaracolados e não pretos e lisos como os meus, ela não morreu nem se machucou, só perdeu a família inteira num acidente, até a cachorra que dormia na cama dela definhou, a gata comeu o peixe dourado do aquário e sumiu, a pobrezinha não agüentou e ficou louca, foi internada no Pinel e saiu de lá direto para o cemitério, não tinha ninguém para velar por ela, nem missa de sétimo dia encomendaram.

De todas as histórias, a mais chocante é a da noiva que, na saída da igreja, foi derrubada por um bando de cães briguentos, achou que teve sorte porque não foi mordida nem nada, isso ela pensou na hora e nem ligou, saiu feliz da vida no fusquinha tirilintando de latas amarradas no pára-choque para avisar que ali iam os recém-casados, nem lembrou do susto durante a lua-de-mel, o pior estava por vir. Quase nove meses depois, de barriga grande, teve a idéia de usar a grinalda para fazer o mosquiteiro do berço, assim não desperdiçavam dinheiro, já torraram uma fortuna e o menino ainda nem tinha nascido, depois ela ia ver o que é bom para a tosse, filho só dá prejuízo, tem mania de comprar tudo o que vê e pensa que dinheiro dá em árvore, mas aí ela pegou o tule fininho e transparente, costurou um dos lados e, quando deu o ponto final, em vez de usar a tesoura cortou a linha com o dente, dali a trinta minutos começou a passar mal, não era dor de parto nem enjôo, era uma tontura esquisita como nunca tinha sentido. À noite, quando o marido chegou em casa assoviando o assovio que era o cumprimento deles parecido com o do meu pai e da minha mãe, encontrou a mulher desmaiada no chão com uma baba de espuma no canto da boca, ele foi correndo para o hospital, fizeram mil exames e descobriram que estava com raiva, não raiva de enfezado, mas raiva de cachorro louco, que dá sempre em agosto, justo o mês em que eles se casaram. Fizeram de tudo, mas não adiantou, ela morreu junto com o neném, que não sei para onde foi porque nem chegou a nascer direito e por isso talvez nem possuía alma, o pobre homem não teve peito de desmanchar o quartinho pronto, inclusive com o mosquiteiro pendurado em cima do berço vazio, que ele passava horas a olhar chorando e se perguntando por que a mulher não cortou a linha com a tesoura, se fosse menos preguiçosa não teria sido infectada pela baba do cão raivoso que enroscou no véu de noiva, ela morreu antes de tomar vacina anti-rábica e nem deu para aproveitar as roupinhas do neném, elas ficaram apodrecendo no armário, ele achou um desperdício jogar fora e ainda estavam muito inteiras para dar para os pobres.

Diante de tanta tragédia medonha, e eu nem sei se existe tragédia que não seja medonha, acabo dando razão para a mãe do meu primo, que fica grudada nele noite e dia, diferente da minha prima também Filha-Única, que passeia com a gente porque se ela morrer a mãe pode ter outro filho para substituir. Por isso, se eu pudesse escolher, seria Filha-Única de mãe que teve só um filho porque quis e não porque sangrou até quase morrer, obrigando os médicos a tirarem tudo de dentro da barriga dela, que nunca mais vai poder ter outro menino, mesmo se o dela morrer esmagado debaixo das rodas de um Fenemê.

A cerimônia termina e, junto com esse primo problemático, não por culpa dele mas das contingências da vida, como minha mãe explicou, chego na festa esfomeada mas tenho que posar para um monte de fotografias com os noivos, os padrinhos, os pais da noiva, que vêm a ser meus tios, meus pais, avós e primos. Só não mandam posar com os pais do noivo, não são nem nossos parentes e por isso minha mãe disse que não vale a pena se dar o trabalho. Quando termino a sessão de fotos, passeio de mesa em mesa, de sala em sala, até na varanda, onde alguns convidados tiveram que ser acomodados por não caberem no resto da casa entupida, isso que dá não calcularem direito, agora passavam a maior afobação.

Todos querem me ver no veludo azul combinando com a tiara que espeta as orelhas mas que não tiro enquanto houver algum parente que ainda não tenha exclamado como estou bonita, até parece que sou eu quem está casando! Desfilo pelos salões como uma princesa no saiote armado pela anágua com uma espécie de bambolê de madeira costurado por dentro igual a um vaso de ponta-cabeça que não me deixa enxergar os pés cada vez mais apertados nos sapatos, que mostro vaidosa para ninguém perder um detalhe do meu traje feito es-pe-ci-al-men-te para a ocasião.

Até perco a raiva da minha prima, por não ter a mesma experiência acaba indo dormir assim que chegamos da igreja, fico sozinha para roubar a cena, mas lá pelas tantas até eu, traquejada e bem mais velha que ela, quase um ano inteirinho de diferença, começo a sentir os efeitos das longas horas em pé. A fome ainda não passou, os adultos estão conversando e rindo entre si, fico livre para me empanturrar de cajuzinho, olho-de-sogra e bem-casado, são a maior delícia com Grapette, que repito sem ninguém ficar me dizendo que vou passar mal. Quando os fotógrafos vão embora, levando os flashes que espocam e nos obrigam a fazer careta bem na hora que tínhamos que ficar bonitas, deduzo que já posso tirar o vestido de princesa e subo as escadas guiada pela luz que escapa por debaixo da porta do quarto da minha prima, onde ela deve estar arrumando o cabelo, mesmo com todo o laquê do mundo acaba soltando um fio aqui, outro ali, ela vai me ajudar a pôr o pijama, aperto o passo para enfrentar as sombras projetadas nas paredes, que se movem feito se tivessem vida, seria bom se lá do alto os anjos destampassem o teto como uma lata de ervilha, que detesto, para que as estrelas e a lua iluminassem o caminho povoado de medo e escuridão.

Apavorada giro a maçaneta e paro, lá dentro a claridade de um abajur revela vultos sobre a cama de solteiro, na penumbra percebo dois corpos colados um no outro, como meu irmão fica quando briga de rolar com um amigo, eles emitem ruídos parecidos com os que ouço de vez em quando perto do quarto do meu pai e da minha mãe, a diferença é que estes dois estão com-ple-ta-men-te pelados e nem se dão conta da minha presença, entretidos numa brincadeira muito indecente para pessoas grandes que bem que podiam ao menos colocar as roupas e os sapatos esparramados pelo chão, só as meias de seda presas na cinta-liga ela não se lembrou de tirar.

Dá uma pontada na minha barriga, sinto na boca um gosto amargo de Grapette com olho-de-sogra e fujo para o quarto da minha tia. Ele está deserto, mas há luminosidade nos dois criados-mudos, talvez alguém esteja se preparando para dormir, arranco a roupa, que agora me sufoca, e subo na cama alta de casal da qual guardo uma imagem difusa, como se já tivesse vivido ali em épocas remotas. Revejo a gravura do anjo de asas amarrotadas sobre a cabeceira e, perto da parede, um espaço vazio antes ocupado por algo de que não consigo recordar. Caído próximo ao armário, um par de sandálias de plataforma revolve um negócio dentro de mim, me jogo sobre os lençóis, cujo perfume remete a memórias antigas demais para minha pouca idade, e cerro as pálpebras com um cansaço maior que o da minha mãe sempre Exausta.

No sono entrecortado por espasmos, sinto o odor do incenso no altar durante a cerimônia. Depois vêm os gostos de uva, coco, chocolate e ameixa numa seqüência bem definida, eles se misturam aos perfumes e ao laquê do cabelo das tias, primas, avós e parentes, a fumaça das velas retorna com impacto redobrado e revejo as pilhas de sapatos dos que não tiveram tempo de fugir da lona do circo em chamas despencando lá de cima, onde o anjo azul-amarrotado da cabeceira aponta um berço vazio no quarto, enquanto, na minha cabeça, duas figuras sem roupa se contorcem e suspiram e sussurram e tudo. Concentro-me então nas pombas no telhado, seu arrulhar contínuo tem o dom de me tranqüilizar quando aperta o medo de morrer queimada e acordar sozinha no caixão pelada no meio da noite como as duas figuras cujos rostos não pude ou não quis distinguir. Acordo sacudida por minha mãe, que me salva de ser tragada para dentro de um buraco escuro, e tento balbuciar qualquer palavra, só dá para soltar um uivo, ela me carrega para o banheiro, que está trancado, eieieiê, chiiiiii, e vomito em cima do vestido dela, que ainda pretendia reformar depois de ter menino e compensar a chateação que foi arrumar e-xa-ta-men-te aquele tecido sem pagar preço de rua Augusta nem ficar com cara de José Paulino, senão iam pensar que está passando necessidade depois de casar com meu pai e mudar para São Paulo, coitada.

10

Os adultos estão na sala-de-visitas-de-cerimônia conversando baixinho, discutem sobre algum assunto grave, mas como ninguém morreu deve ser sobre minha tia esperando menino depois da última filha já ter completado oito anos. Ela sofre do coração e pode morrer de repente, é preciso decidir quem cuida do bebê quando nascer, meu tio vai ficar viúvo, sem condições de criar sozinho quatro filhas, apesar de bem velho na minha opinião, ele vai casar de novo e madrasta nunca toma conta do neném como a Mãe Verdadeira, com certeza ia judiar, um bebezinho não pode se defender como as irmãs mais velhas, quase mocinhas, coitado. Feito se não bastasse morrer a qualquer momento, minha tia ainda sonhou que o menino dela nascia anormal, foi só um pesadelo, mas por coincidência a vizinha acaba de ter um filho com-ple-ta-men-te retardado, ninguém contou a notícia terrível para ela não ficar ainda mais impressionada. Meu pai se ofereceu para criar o bebê, mas só se ele não nascer com defeito, menino dá uma trabalheira doida, imagine então doente.

Apesar da enorme preocupação que causa, minha tia toca a vida, arruma o quartinho do bebê como se ele nem fosse nascer com problema, sobe e desce as escadas o dia inteiro, vai no cabeleireiro, pinta as unhas e compra sapato combinando com a bolsa e tecido para fazer roupa depois de ter neném como se não fosse morrer de repente a qualquer minuto. Minha mãe diz que ela age assim para não pensar, mas meu pai fala que ela é uma mulher de fibra, ele admira o jeito como administra a casa, obrigando as empregadas a vestir uniforme alinhado mesmo se não for dia de festa e ainda coloca o aparelho de porcelana e o faqueiro de prata no Uso Diário. Além disso, na casa dela, com um pinheiro imenso no quintal dos fundos, a sala-de-visitas-de-cerimônia fica destrancada, nem porta tem, mesmo nos fins de semana comuns ela recebe as visitas normais na sala-de-visitas-de-cerimônia, com o sofá de veludo vermelho-vivo jamais coberto com lençóis para proteger justamente porque pode ser utilizado a qualquer instante. Como se fosse pouco, ela ainda se veste em casa como se estivesse pronta para sair, inclusive com sapatos de salto quase novos em vez de chinelas do dia-a-dia. Por isso falam que ela é meio extravagante, não sei o que significa, mas acho que tem a ver com o fato dela nunca usar roupa de ficar em casa para ficar em casa e muito menos bobes, que acha um horror, é mais prático ir no cabeleireiro e sair arrumada, mesmo que custe os olhos da cara e ela não seja milionária nem nada.

Como ela vai morrer a qualquer hora, minha mãe nunca me deixa dormir na casa dela nas férias, mas fico lá o dia inteiro, fingindo de professora e aluna, porque ninguém quer ser bandido nem índio, só mocinho, e menos ainda alemão, que os Americanos sempre vencem na guerra e não tem a menor graça brincar sem inimigo, fazemos um intervalo apenas para o lanche da tarde, minha tia acha chique tomar o chá das cinco como a rainha da Inglaterra apesar de nunca bebermos chá e sim café com leite, bolacha e geléia, sem falar no pãozinho de queijo feito com a receita secreta que ela não dá para ninguém. Como minhas primas não têm irmão, podemos assistir o Dr. Kildare sem um respingo de sangue dos pacientes operados no avental tinindo de branco e o *Programa Pim-Pam-Pum* na TV sem ficar brigando com os meninos, fãs do Bat Masterson, que no Velho Oeste ele nasceu e entre bravos se criou e seu nome lenda se tornou.

Minha mãe prometeu que um dia nos leva no auditório-ao-vivo, de onde vou mandar tchau para os primos, primas, tios e tias, que vão babar de inveja de me ver cantando que sete e sete são catorze, com mais sete vinte e um, todo dia da semana, tem *Programa Pim-Pam-Pum*, Estrela, *Pim-Pam-Pum*, Estrela...

II

Pela primeira vez a volta a São Paulo se faz sem ranger de dentes nem choradeira, como minha mãe se refere ao berreiro que abrimos, meu irmão e eu, ao terminarem as férias. Quando fazemos birra minha irmã não resiste e nos imita, mas é pequena demais para ter noção do que representa voltar para a chatice da escola quando há tantas diversões na casa dos primos, primas, tios e tias, fora o chocolate branco com urso polar na embalagem comprado na

Savassi, que tem gosto de férias em Belorizonte e por isso dura tão pouco.

Só meu avô e minha avó não sentem saudades iguais às minhas, eles tomaram conta e estragaram meu irmão maior quando meu pai e minha mãe foram para os Estados Unidos, com um aninho ele aprendeu a fazer pipi na Pampulha, meu avô tirava o carro debaixo de sol ou chuva, a qualquer hora do dia e da noite, senão ele não fazia de jeito nenhum, agora estão velhinhos e sentem um tipo diferente que se chama "saudade aliviada". Por isso os dois nunca mandam consertar o quadro da sede colonial-azulada com o carro de boi no canto que meu irmão furou de propósito, deixam o buraco na pintura feito um sinal de alerta, depois que vamos embora e a saudade deles aperta, meu avô e minha avó passam os dedos pelo corte como se fosse uma cicatriz, relembram coisas que preferiam esquecer e a saudade some ins-tan-ta-nea-men-te junto com o suspiro aliviado que deixam escapar daquele lugar onde são guardadas as memórias mais importantes.

Acontece que agora, além da novidade do bebê da minha mãe, vamos para a casa que meu pai comprou de metido, é cara demais para o que ele ganha, teremos de fazer sacrifícios, começando por não amolar minha mãe, que vai ficar ainda mais Ocupada. Não podemos brigar para girar o botão da TV do canal 4 para o 9, nem fazer escândalo por causa de pernilongo e nem derrubar o penico de xixi no carpete que meu pai mandou colocar no andar de cima.

Tento imaginar onde vamos morar, mas, quando paramos no portão de ferro branco, minha respiração muda de ritmo e meus olhos se enchem d'água numa mistura de emoção e cansaço da longa jornada de carro pela Fernão Dias congestionada na volta às aulas. O que mais me chama a atenção é a arvorezinha de tronco contorcido, radiante de flores cor-de-rosa parecendo um buquê gigante, de tão formosa atrai quem passa na rua, tocam a campainha pedindo muda ou querendo tirar fotografia, nunca viram nada igual, eu também não. O jardim da frente tem um gramado imenso além do pau-ferro centenário que minha mãe manda cortar como sua primeira providência, ele solta folhas miúdas que sujam o quintal e a empregada tem mais o que fazer do que passar o dia inteiro varrendo em volta da árvore, coitada.

Salvam-se do serrote a bananeira e uma espécie de palmeira que não dá fruta, só um coquinho pequeno que não se come nem nada, por sorte as folhas secas ao menos servem para fazer enfeite de Natal, ficam lindas com spray prateado, que minha mãe põe no presépio ou no centro de mesa com bolas de isopor que ela colore, se tivesse nascido homem ia virar dentista ou um daqueles cirurgiões cheios de cliente rico que ganham rios de dinheiro, meu pai diz.

A casa é mais que isso, é uma mansão com dois corredores laterais compridos que vão da frente aos fundos, o de serviço tem uma faixa de terra onde planto hortelã para grudar no chiclete que perdeu o sabor, fica parecendo novo e assim vou prolongando o ardido verde que sobe pelo nariz, apesar de não ser tão gostoso como o de tutti frutti faz bola do mesmo jeito e ainda economiza, porque não somos milionários nem nada, e quando crescer vou fabricar chiclete de alecrim, não tem cheiro mais perfeito. O outro corredor é a entrada da garagem, fica ao lado do quarto de despejo, onde se guarda o que vai para os pobres ou pode servir em caso de precisão. A lavanderia junto à escada dá para o quarto-e-banheiro de empregada, que foi mobiliado com a cama e o armário meio estropiado que sobrou na mudança, não somos ricaços, era só o que faltava, nem deu para pintar o quartinho de trabalho da minha mãe, onde ela passa o dia inteiro usando as habilidades manuais para fabricar bijuteria porque não nasceu homem nem virou cirurgião famoso, coitada.

No andar de baixo tem cozinha, copa, sala de jantar com a campainha embaixo da mesa para chamar empregada sem gritar na frente dos convidados, é falta de modos, mas por causa do terreno de solo pantanoso às vezes dispara no meio da madrugada e pensamos que é fantasma ou ladrão. No hall de entrada pusemos a televisão e virou sala de estar, o banheirinho fica defronte ao armário com fusíveis para trocar quando acaba a luz, meu pai pega a lanterna guardada para essas ocasiões e quando ele está viajando minha mãe serve, ela aprendeu apesar de ser mulher porque casa no breu é um perigo e pode atrair ladrão. Ela sabe usar o revólver 38 que fica dentro do cofre segredo 75, uma volta para a direita, duas para a esquerda, parando no 46, pelo menos acho que sim, pois ameaça um homem esquisito que ronda nossa casa, a vizinha de frente ligou avisando, na sacola preta ele tem uma arma de cano comprido, minha mãe se tranca conosco no meu quarto, pelas frestas da janela grita para ele ir embora senão leva tiro, ela não tem um pingo de medo ou então disfarça e avisa para não chorarmos alto e enfurecer o bandido. Ficamos ali um tempão, o assaltante não arreda pé e chega a entrar em casa, lá de baixo, onde ficava o pau-ferro centenário que não suja mais o jardim, ele tenta falar com minha mãe, que não escuta e grita de volta, mais um minuto e ela dispara o revólver 38, que nem está na mão dela mas isso ele não pode saber, começa a abrir a maleta, mas pensa melhor e resolve ir embora. Suspiramos aliviados, telefonamos para meu pai, ele chama a polícia, que chega em menos de meia hora, e descobrem que era só o moço da bomba de flite, ele nunca viu gente tão neurastênica, jura não pisar mais no nosso bairro de mulher histérica e louca de hospício, meu pai pede mil desculpas, fica irritado com minha mãe e depois cai em si, a vizinha faz tempestade em copo d'água porque é contrabandista e vive com os nervos à flor da pele, se o fiscal da receita aparece, ela, viúva que sustenta a família vendendo roupas e perfumes e batons Americanos, correndo um risco danado, acaba na cadeia e os filhos num orfanato, coitados.

O ambiente de que mais gosto é a sala-de-visitas-de-cerimônia, onde nunca entro porque fica trancada, senão não era sala-de-visitas-de-cerimônia. Ela tem quatro portas em arco e lareira, uma obra-prima de engenharia, não sai fumaça em volta, só pela chaminé. As chaves desse salão são guardadas na mesa da salinha de estar, dentro da saboneteira de louça azul-e-branca que faz par com a jarra e o prato que antigamente usavam para lavar o rosto de manhã porque não tinham torneira nem banheiro nem nada, ficam ao lado do telefone preto com um pino para virar quando usam a extensão lá de cima, assim não dá para ouvir o que os outros conversam, que além de tudo é falta de educação e talvez até pecado. Quando está de bom humor, meu pai abre uma exceção e nos deixa ficar diante da lareira nas noites mais frias de inverno, se deliciando com o fogo, que esquenta até a alma, o ruim é subir as escadas para a cama gelada apesar dos três cobertores felpudos, do pijama de flanela e da japona que não tiro nem para dormir.

No piso superior está o quarto do meu pai e da minha mãe, com uma falsa porta-balcão, armário embutido com o cofre e dois banheiros, um deles com terraço, onde subimos escondido para apanhar balão ou papagaio enroscado nos fios, tomando cuidado para não cair como meu pai fez quando tinha cinco anos e ficou com a parte de trás da cabeça afundada, sorte é que não afetou o cérebro, senão virava retardado como meu tio, coitado. Para nós resta o banheiro comprido, assim mesmo usamos o chuveiro do outro, o nosso entupiu e não rende um banho decente, que tem que tomar ao menos uma vez na semana, e meu pai vai mandar consertar assim que estiver mais folgado.

O banheiro grande tem paredes forradas de pastilha verde-clara, banheira, bidê e pia maior que a do nosso rosa-e-branco em desenhos geométricos que fico admirando quando estou na privada. Entre os dois há uma passagem para o quarto do meu pai e da minha mãe com armário de roupa suja e de remédios com cafiaspirina, Cibalena, um pozinho para dor de barriga, piriri fraco e piriri forte, antibióticos para dor de garganta, que nunca dá sossego, Novalgina, termômetro, seringa de injeção na caixinha de metal, álcool para limpar a agulha e a bunda na hora da picada, mercuriocromo porque mertiolate arde e esparadrapo porque band-aid é caro demais e não somos milionários nem nada. Tem também Colubiazol, que meu pai põe num pedaço de algodão no cabo do pente e pincela nossa garganta na Última Tentativa antes de dar antibiótico, que é tiro e queda, sara num estalar de dedos e nos deixa bem-dispostos para voltar à escola e até nadar se fizer sol e minha mãe puder levar, porque criança sozinha no clube não pode, fica parecendo menino sem dono ou filho de mãe desquitada, meu pai explica.

Na frente da casa está meu quarto, com a sacada de onde se vê a rua, mas é inseguro, alguém pode pular o muro baixo, jogar uma corda com gancho que prende na grade, subir, arrombar as janelas e entrar, para prevenir acordo no meio da madrugada e fico vigiando por debaixo da porta, tento escutar barulho de ladrão para gritar pelo meu pai, que virá correndo nos salvar com o revólver e nem vai achar ruim que fiquei berrando feito favelada, em emergência pode e ele não briga. Se for o caso, me escondo no closet, que tem só no nosso quarto e minha mãe mostra para as visitas abrindo e fechando a porta de correr do armário e exibindo o cabideiro especial para calças compridas, onde penduro as rancheiras, as de helanca e uma de lãzinha, que pinica mas não é nada comparado à coroa de espinhos cutucando a cabeça Dele, que nem coçar conseguia naquela posição ingrata, Coitado, este fica ao lado das gavetas onde guardo o conjuntinho vermelho de banlon que gente rica tem um de cada cor, não uso nunca senão puxa o fio ou enche de bolinha, além da prateleira com nossas bonecas que não são de brincar, só de enfeitar.

Atrás delas fica a janela arredondada que alcanço fazendo uma espécie de escada com os gavetões, lá eu olho o movimento da rua sem ninguém me ver, inclusive percebo meu irmão escalando o alpendre por uma corda feita com roupas de cama amarradas umas nas outras, saio correndo e conto para minha mãe, que grita furiosa, cabeça o médico ainda remenda, mas aqueles lençóis de linho bordado do enxoval ela não acha mais e, se acha, custam um dinheirão e nunca fomos ricos, ainda mais agora, que temos que economizar o máximo para saldar a dívida da casa, que mal podemos pagar.

Meu irmão é posto de castigo trancado no quarto com uma estante de livros que de vez em quando folheio, apesar da minha mãe dizer que eles não são para mim, que nem sei ler direito e pronuncio Esso Echistra em vez de Esso Extra, onde já se viu, mas, como meu irmão não é besta, assim que ela gira a chave ele salta da janela que dá sobre o telhado do abrigo do carro, pula para o quintal e dali para a rua, minha mãe nem desconfia, mas como também não sou boba vou contar a traquinagem e ela balança a cabeça, está muito Ocupada para ir atrás, deixa meu pai chegar à noite que ele vai levar uma boa esquentadela.

12

Logo que entramos na casa nova, a primeira arte que meu irmão apronta é subir numa cadeira na copa e puxar com um tranco as cordinhas da placa de alumínio com números que estão ligados a cada aposento, meu pai explica, se alguém toca a campainha, pelo número que aparece no quadro a empregada fica sabendo quem está chamando e corre para lá sem precisão de gritaria de favelado como fazemos, mas ele nem bate no meu irmão por ter destruído aquela invenção moderna, afinal podemos berrar pela minha mãe ou pela empregada, para isso Deus nos deu pulmões e cordas vocais. Além do mais ninguém é comodista para pedir comida no quarto, onde é proibido comer que estraga o carpete, a não ser em caso de dor de garganta, assim mesmo só no primeiro dia, quando estamos fracos para descer ou tomar banho, que piora a febre mesmo se a água estiver pelando.

Já minha mãe, a providência número dois dela, que a número um foi mandar cortar o pau-ferro centenário e porcalhão, é arranjar uma cesta de vime onde coloca tudo para não ter de subir as escadas e se cansar à toa, vira e mexe ela esquece uma coisa que manda a gente buscar mas nunca encontramos e temos de perguntar lá de cima onde está e ela grita de volta que é para não ficarmos berrando que não moramos em cortiço, o que os vizinhos vão pensar, ela vai incluindo os itens cada vez mais numerosos, como as chaves do armário de remédio e do cofre, a chave sobressalente do carro para o caso de sumirem as originais e ter que rezar para Policena Barbosa, ela é craque em achar objetos perdidos mas às vezes demora um pouco, duas cafiaspirinas porque se duas não curam o jeito é tomar antibiótico, tesourinha e alicate de unhas, dois lenços, um meio usado e outro limpinho para não esbanjar papel Yes, um par de óculos de grau de reserva e outro escuro para fazer compras se estiver sol, dinheiro trocado e um cheque assinado pelo meu pai para alguma emergência, com filho nunca se sabe, é um Verdadeiro Tormento, antes prevenir do que remediar, fotografias do casamento da minha prima para ela mostrar para as visitas sem ter que subir as escadas, dois maços de cigarros, um sem e outro com filtro, que ela está tentando se acostumar, é mais fraco e o médico recomendou por causa da barriga dela crescendo com meu irmãozinho lá dentro, um lápis e um bloquinho de rascunho que meu pai traz do escritório, caderneta de telefone, dois isqueiros de Uso Diário e um xale para o caso de esfriar, ela não pode se dar ao luxo de adoecer com tanto para fazer, terminar a manta de crochê com sapatinhos combinando para meu irmãozinho e outro igual para o neném da nossa ex-vizinha do mesmo nível do nosso para aproveitar a lã comprada em maior quantidade, que é mais barato, substituir o forro do colchão do berço, que furou de tanto xixi, mandar lavar e passar as fraldas para ver se ainda compensa comprar mais alguma, separar as bem escangalhadas para usar como pano de limpeza, dar vacina no gato que arrumei na rua e ela deixou eu ficar pois sou teimosa e não sei colaborar, imagina se contamina o bebê, que pega uma doença e morre antes mesmo de ser batizado e vai para o Limbo, e ainda por cima tem que acertar tudo do batizado e aprontar as malas para Belorizonte, onde ele vai nascer, se deixa para a última hora é uma correria e ela acaba esquecendo a carteira de identidade e a certidão de casamento e assim nem vai poder registrar o menino, coitado.

Como ela parece realmente Ocupada seguro minha dor de garganta o máximo possível, mas no segundo dia, depois do almoço, não consigo levantar da cama, vestir uniforme nem nada, ela põe a mão na minha testa e antes de dizer uma sílaba já ouço dentro da minha cabeça "eieieiê... chiiiiii...", a vantagem de ficar doente é que dormimos na cama-de-vento armada no quarto dela, sortuda é minha irmã, ela sai ganhando, é pequena demais para ficar sozinha por causa dos ladrões da noite e acaba comigo na caminha como rei de baralho.

Passo o dia escutando os sons da enceradeira espalhando Parquetina lá embaixo e do aspirador de pó aqui em cima, só escapa o quarto da minha mãe porque estou nele com um febrão, à tarde é pior, todos saem e os ruídos diminuem, sozinha somo os quadrados da porta-balcão falsificada, canto baixinho acompanhando o ritmo com os dedos, vou desenhando no ar o contorno dos losangos e das outras figuras geométricas das janelas, daí levanto para fazer xixi, porque o penico quase entorna, mas não consigo, a privada está fria demais e meu corpo ferve e dói. Sacudida por um tremor gélido corro para debaixo das cobertas, encolho e aos poucos meu olhar passeia pelo quarto e pousa sobre a mesa-de-cabeceira da minha mãe cheia de remédios e uma caixa de papel Yes, que somos proibidos de usar para não consumir tudo de uma vez e quando precisar não tem. Espremo a vista e na penumbra tento ler o rótulo de um dos vidros, faço o maior esforço e estouro de orgulho quando consigo soletrar Con-ter-gan. So-po-rí-fe-ro!

Bato palmas, chamo minha mãe e ao contrário do que de costume agora ela vem num pulo, acha que estou passando mal, este é outro benefício de ficar doente, mas ela não disfarça o aborrecimento quando percebe que estou bem e só queria contar o que tinha aprendido. Para não perder a viagem me dá a dose do antibiótico, que ainda não estava na hora mas assim economiza uma subida de escadas, o médico recomendou repouso, se tivesse três filhos como ela nem falava essa besteira, mulher casada só descansa quando morre e olhe lá. Pergunto sobre o remédio, foi um presente da vizinha também grávida e tão amável, deu em retribuição aos sapatinhos feitos num crochê supercaprichado, mas o vidro ainda está cheio, ela deixou para o último caso, ainda dá para agüentar os enjôos e o remédio deve ter custado uma fortuna para ficar tomando sem precisão.

Não escondo meu desaponto, tenho certeza que aquelas pílulas fazem bem, tudo o que vem dos Estados Unidos é ainda melhor do que o que vem da Alemanha, a prova é que os Americanos venceram os alemães em todos os seriados de guerra na televisão, depois de terem acabado com os índios que encontraram no caminho das diligências, mesmo não sendo eles tão atrasados feito os nossos, que comem gente, vivem pelados porque não têm Moral, inclusive as mulheres, que eu vi escondido numa fotografia na *National Geographic* do meu avô, e nem retribuíram tudo o que os Bandeirantes fizeram por eles, os mal-agradecidos. Além de não montarem a cavalo, não usarem mocassim de pele de urso enfeitado com miçanga colorida, nem vestidos de couro com franjas que lava com pedra no rio e um dia uma índia resolveu fazer igual com a camisa de pano do caubói namorado dela, que o amor é cego, em vez de uma moça loira e rica e linda como a Audrey do *Big Valley* que tem por ali de montão, ele foi gostar justo de uma sioux com pouco raciocínio que furou a roupa inteira e teve que dar para os pobres, nossos tupis-guaranis não plantam, não moram em cabanas e não cooperam nem nada, ao contrário dos escravos africanos cordatos e trabalhadores, que além disso tinham vergonha de sair por aí sem roupa, usavam nem que fosse só um trapinho como Jesus Cristo na cruz. Assim mesmo os mocinhos que vão para o faroeste são superiores aos peles-vermelhas que vivem lá, eles levam espingardas e revólveres, têm melhor pontaria e matam um por um até acabar com todos os apaches e as outras tribos que não lembro o nome, só deixam escapar o último dos moicanos para ele fazer o filme, são mais civilizados até na hora de matar, a flecha machuca e demora um tempão para morrer, enquanto o tiro mata na hora e o índio nem sente dor.

Esta noite ainda durmo no quarto do meu pai e da minha mãe, a febre não cede, fecho os olhos e revejo em preto-e-branco como na televisão os soldados alemães, que só fazem ruindade e falam uma língua estranha de propósito para ninguém entender, bem feito, foram liquidados pelos Americanos da série *Combate!*, sob a liderança do sargento, um sujeito muito compreensivo com o pelotão que está longe das noivas e das mães para lutar contra os malvados e não percebe que foi se afastando do front até se perder num tipo de deserto, sem água nem comida nem cantil e com as mãos tão feridas que ele não conseguia pegar uma maçã no galho da árvore mas não tinha importância porque era só uma miragem mesmo. A sede do sargento aumenta, coitado, até ficar insuportável, e eu acordo suada, morrendo de calor e louca para beber água, que minha mãe deixou com a recomendação de usar o penico senão sou capaz de fazer xixi na cama.

Dali a pouco ouço a chave girar na porta, é ela que vem me dar mais uma dose de remédio, daí pousa a mão na minha testa por longos minutos sem dizer nada, apenas escuta comigo os silêncios da noite, eu paro quieta para beber cada gota daquele momento difícil de acontecer, apesar da febre, dos tremores e dos medos, ficar doente tem estas vantagens, e assim no dia seguinte acordo tinindo, meu pai acha que o antibiótico opera milagres, vai comprar um estoque para dar ao primeiro sinal, mas foi a mão da minha mãe pousada na minha testa que me fez sarar, disso tenho certeza absoluta e posso jurar por Deus e tudo.

13

Sobre um banquinho no banheiro, defronte ao espelho do armário que guarda nossas escovas de dente, penteio os cabelos e prendo com elástico, se puser fivela acaba escorregando e sumindo e não pode porque hoje vou tirar as fotos no clube para o álbum de formatura do jardim-de-infância. Estufo de alegria, mas minha amiga, a do beliscão, está triste porque o pai dela morreu há duas semanas, chora pelos cantos por causa da ferida que só vai cicatrizar com o tempo, feito um corte profundo, coitada. Pode até ser pecado, mas eu nem fiquei muito triste, ele era esquisito, chamava a própria mulher de "dona" e "senhora", como se fosse visita-de-cerimônia e não o marido, e ainda me obrigava a tomar sopa e comer legumes no almoço, pelo menos agora posso brincar na rua dela, na tinturaria dos chineses que falam um português gozado e têm uma filha da nossa idade de cabelo ainda mais preto e liso do que o meu e assim não preciso ficar com inveja, como ficaria se ela tivesse cabelo loiro e encaracolado.

Para distrair e ajudar a sarar o machucado invisível dela, convidamos minha amiga e a filha da diretora para passear conosco no centro da cidade cheia de anúncios luminosos e agora com lâmpadas de Natal de montão brilhando em cima dos prédios pertinho do céu. Esperamos meu pai chegar e depois do jantar, de pijama, dente escovado e xixi feito, entramos no carro não sem antes brigar para ver quem vai no porta-malas e quem fica nas janelas até minha mãe não agüentar e distribuir beliscão inclusive na filha da diretora, premiada sem querer com um roxo instantâneo no braço porque é branquela feito barata descascada e não morena como nós, que disfarça melhor as marcas. Quando chegamos no viaduto do Chá meu pai diminui a velocidade para admirarmos as luzes acendendo e apagando, as cascatas coloridas que nos fazem esquecer o automóvel apertado, o ardido do último beliscão e até a dor da minha amiga, que ninguém pode enxergar. Tenho vontade de morrer, mas minha mãe diz que é sacrilégio desejar isso antes da hora mesmo se for de encantamento como o que sinto agora, só Deus escolhe o dia e aí não tem jeito, morre até se for criança ou neném antes do batizado.

Também na Copa do Mundo vamos ao vale do Anhangabaú comemorar a vitória do Brasil, que com Pelé ou sem Pelé é o maioral, agora em vez de brigar para ficar na janela nos estapeamos para ir no porta-malas aberto, que em geral é proibido mas hoje o guarda deixa, até ele não cabe em si de emoção por ter nascido no nosso país, apesar de bem mais atrasados do que os Americanos somos famosos pelo futebol do Garrincha para ninguém botar defeito e das mulheres bonitas daqui, que já ganharam inclusive concurso de Miss Universo e tudo.

Volto para casa tão deslumbrada que nem lembro de ir ao banheiro, acordo toda ensopada apesar da certeza de que fazia no penico e não na cama, mas ninguém liga, há uma correria e um zunzunzum, algo de ruim está acontecendo, o telefone toca várias vezes, mas não consigo saber nada. Logo depois de ouvir uma conversa falada baixinho de propósito para a gente não entender, vejo minha mãe despejar na privada o vidro inteiro do remédio Americano que ganhou da vizinha, no maior desperdício, e quando ela senta na cama seus olhos rasos de lágrimas estão faiscando de um medo que me paralisa o sangue nas veias, não de verdade, senão eu morria, mas como se fosse, feito li num dos livros dela.

Neste primeiro dia de férias o ar dentro e fora de casa fica como antes de tempestade, não furacão, que no Brasil não tem, e, apenas quando meu pai chega à noite, descubro que a vizinha deu à luz um bebê horroroso, todo deformado, coitadinho, ficou assim por causa do remédio que a mãe tomou enquanto esperava menino, por sorte não vingou, foi só o tempo de batizar para não ir para o Limbo e enterrar num caixão branco próprio para criança, mas bem que podiam ter usado uma caixa de sapato mesmo, além de definhado ele não tinha braços nem pernas nem nada e ia caber justinho, meu pai diz.

A história trágica do bebê-monstro mexeu com a cabeça e a barriga da minha mãe, ela teve que ir correndo para o hospital, apesar de ainda faltarem dois meses para meu irmão nascer, mas a culpa por não querer outro filho junto com o pavor de ser castigada por Deus com um neném aleijado, mesmo não tendo tomado o remédio de talidomida que no fundo não veio dos Estados Unidos, nem podia, o que os Americanos fabricam é sensacional, tudo isso junto faz com que minha mãe tenha placenta prévia, que não sei o que significa mas deve ser grave, pois meu pai falou que a gente tem que se conformar se ela morrer, é muito raro escapar de placenta prévia.

Ele vai para o hospital com o Frei que me agarra e aperta, para o caso de ter que dar extrema-unção e evitar que ela vá para o Inferno, os médicos são obrigados a abrir a barriga da minha mãe porque o neném estava com o cordão umbilical enrolado no pescoço e saiu roxo, quase morto, mas pelo menos inteiro, sem faltar nada, prova de que o período que ficamos na barriga da mãe não conta direito, eu própria nasci de dez meses e nem por isso ganhei um dedinho a mais, ao contrário, era minúscula, mirrada e abaixo do peso e tudo.

14

O Frei abre a maleta parecida com a dos médicos, só que a dele tem coisas de curar a alma e não o corpo, em vez de óleo para a extrema-unção da minha mãe, que se livrou de morrer, ele pega água benta para batizar meu irmãozinho, que nasceu prematuro e pode não vingar. Olho o berço vazio e se ele não morrer prometo trinta Ave-Marias e quinze Pai-Nossos mesmo com uma pontada de raiva porque ele estragou nossas férias em Belorizonte, vai ter certidão de nascimento daqui mesmo e vão pensar que ele é adotado, bem feito.

Toda noite rezo com meu irmão mais velho diante do crucifixo na parede do quarto da minha mãe, com o Cristo em cima do veludo e moldura da mesma madeira da cama de casal para combinar. Meu pai tirou uns dias para passarmos o Natal na casa dos meus avós, mas agora usa as férias para cuidar da gente enquanto minha mãe e meu irmão não chegam do hospital, e eu ajudo porque é obrigação de mulher.

Arrumo a cama e mando a empregada deixar a sala de estar em ordem porque pode chegar visita a qualquer momento e aí o que é que vão pensar, mas o salão continua trancado, é muito grande e meu pai não tem dinheiro para a mobília, por isso lá dentro está o canapé de palhinha, um tapete peludo branco que suja só de olhar, uma mesinha com pés pretos retorcidos e tampo de mármore branco com a Bíblia da Barsa aberta, que às vezes folheio escondido porque meu pai disse que as páginas são finas demais e não pode mexer senão rasga. A lareira fica bem no meio, com duas escarradeiras de cada lado, antigamente era moda cuspir dentro delas, ninguém tinha nojo, só os escravos, obrigados a limpar depois, coitados, além do conjunto de pinças tamanho-família, vassoura e espeto de ferro batido para mexer na lenha sem queimar os dedos e esturricar que nem no incêndio do circo que pegou fogo. Em cima tem um aparador com um cinzeiro de cristal, acendedor de cigarro encaixado num cubo de casca de tartaruga e o vaso com flores de papel prateado e miolo dourado compradas em Ouro Preto, elas são frágeis e delicadas, se estragarem nunca mais acham outras, as freiras que fizeram aquelas obras-primas estão velhinhas, com os dias contados, e ninguém sabe fazer igual.

Esse lugar me chama e mete medo ao mesmo tempo por causa do quadro do meu bisavô, pai do pai do meu pai, pendurado na parede, ele é mágico e vai se virando, nos seguindo com o olhar como se fosse de carne e osso e quisesse nos passar uma mensagem do além-túmulo, fico com um pavor pior que de ladrão, esta sala é cheia de sombras, não bastasse o retrato do bisavô morto-vivo, ainda tem as portas atrás de persianas per-ma-nen-te-men-te fechadas, bem poderiam esconder um malfeitor, ainda mais depois que a empregada esqueceu uma delas destrancada deixando a casa à mercê da sorte por semanas seguidas, só não entraram porque Deus não quis, Ele sabe que meu pai já tem problemas de sobra para ainda por cima sair matando a torto e a direito com o revólver 38, que ele guarda no cofre segredo 75, uma volta para a direita, duas para a esquerda, parando no 46.

Enquanto esperamos o bebê, que já vingou, fico encarregada de fazer a lista da mercearia e da feira das quintas com o lápis que uso caprichando na letra redonda, cortando os Ts e abrindo os Ls para não confundir, e vou escrevendo mexerica do Rio, que solta um cheirinho delicioso quando descasco tomando cuidado para não espirrar e arder nos olhos como os lacerdinhas que infestam a cerca viva que separa a área de serviço da social, duas pencas de banana, uma madura, para assar na própria casca com açúcar e canela, e outra mais verde, que dura até a semana que vem, mandioca para fritar do jeito que eu gosto e não cozida para comer com manteiga como minha mãe gosta, graças a Deus ela não está aqui, espinafre para pôr em cima da torrada com ovo cozido fatiado, um coco inteiro, que a empregada, depois de sapecar fogo, quebra no chão e raspamos com o dente a parte branquinha que dói o maxilar quando eu como crua, uma galinha viva, ela fica fechada no vão da escada da lavanderia até chegar o dia de matar furando o pescoço para depois jogar na água fervendo e ir arrancando as penas com a respiração presa para não vomitar por causa do cheiro, peixe, sagrado no almoço de sexta, quando é recomendável não comer carne de animal de sangue quente, só frio, melancia e morango da estação, para não custar uma fortuna, duas dúzias de ovos, que a gente consome direto engolindo uma gema crua por dia antes das refeições e guardando a clara num vidro para bater e fazer doce, e diversas verduras, que esqueço, algumas de propósito porque são ruins e outras porque meu irmão pediu para eu não colocar. Com minha letra linda escrevo uva docinha, duas peras e três maçãs, que aproveito para pôr na lista porque minha mãe não está aqui para dizer que não somos milionários para comprar fruta importada feito se tivéssemos dinheiro para jogar fora.

Sou a pessoa mais importante do universo empurrando o carrinho de feira estufado de compras e ainda guardo tudo no armário da copa antes de me aprontar para a escola, que agora não precisa, estou de férias e passo o dia na casa da minha amiga predileta porque ela nunca discute comigo, faz tudo o que eu mando e aceita meus jogos sem me contradizer, dá até gosto perguntar se ela vai querer brincar de queimado, cabra-cega ou de casinha, ela dá de ombros, escolhe você. A casa dela tem só menina, quatro ao todo, em escadinha, os nomes começam com a mesma letra igual ao da cadela galga, que é como um membro da família, só entende italiano, senta na cadeira e toma leite no pires, e ninguém se dá o trabalho de lavar as mãos e desinfetar a louça que ela lambeu, não têm medo de pegar doença, como são estrangeiros sua higiene é muito diferente da nossa, minha mãe disse que na Europa nem banho direito eles tomam, coitados. Lá vejo o telefone mais moderno do planeta, o pai trouxe da Itália, é feito de plástico vermelho, fala numa ponta e disca embaixo, depois põe na mesa e ele desliga au-to-ma-ti-ca-men-te, o oposto daquele da fazenda da minha prima, todo de madeira e com manivela, que ainda por cima dá choque em dia de tempestade, a gente pede para a telefonista completar a ligação interurbana para ver se posso passar um pedaço das férias lá e eles não atendem, ficam com medo de torrar a mão como no circo que pegou fogo, coitados, e eu acabo em casa mesmo, sem chance de nadar na cachoeira ou sair cavalgando debaixo dos pés de manga, que antigamente, de pura malvadeza, mentiam aos escravos que matava de indigestão se comesse com leite, mas nem me importo, a fruta solta fiapo que gruda no dente, dá aflição e não compensa.

Outra vantagem da minha mãe não estar por perto é que podemos fuçar no quartinho de costura dela, onde abro os armários apinhados de linha, lãs, retalhos, tecido e caixas e mais caixas de botões, que ela arranca das roupas de dar para os pobres para o caso de precisão. Tem fecho ecler, colchetes e agulhas de crochê, que minha irmã tenta mas não consegue aprender porque é canhota e vai enfrentar obstáculos para o resto da vida, meu pai sempre fala. Debaixo do tampo de madeira no qual minha mãe recorta os moldes de roupas, vejo caixas de sapato com peças e alfinetes, pedras e contas de todo tamanho e cor para as bijuterias que fabrica em casa.

Depois tem a lata das ferramentas, martelinho e alicates com esparadrapo no cabo para não machucar a mão quando fica usando horas seguidas. Esperta, minha mãe compra baratinho na Vinte e Cinco de Março, inventa jóias falsas que ladrão pode roubar à vontade e não dá prejuízo, monta sandálias de corrente e pedras sobre a sola de couro e vende para amigas com um lucro que ela vai marcando na caderneta que leva na cesta de vime. Também é bom porque nunca compramos presente de aniversário nem de Dia dos Professores, basta embrulhar sem gastar um tostão e ainda faz propaganda para quem quiser parecido, só precisa tomar cuidado com o fiscal de renda, ela não tem nota e se denunciarem vai para a cadeia com direito a seis cigarros por dia, as outras presas roubam tudo de você para comprar bebida e ela ia enlouquecer se ficasse tanto tempo sem fumar, principalmente depois do suplício de quando estava esperando meu irmãozinho e teve que se acostumar só com cigarro com filtro, coitada.

Às vezes meu pai é chamado com urgência no escritório, como estamos de férias vamos junto e estacionamos na vaga reservada aos funcionários debaixo da torre do relógio de tijolinhos vermelhos que sobrou do incêndio de uns anos atrás. Ele trabalha numa sala comprida do segundo andar, com diversas pranchetas de desenho perto dos janelões, lá de cima tem uma vista linda do centro, dá para ver até o Jardim da Luz e escutar o chiado dos trens quando saem da estação. O melhor de tudo é entrar na plataforma sem pagar, basta mostrar a carteira dele de engenheiro ferroviário, e juntar lápis e bloquinhos de montão, que levamos para casa e guardamos num lugar só para todo mundo saber onde está quando precisar. Meu pai disse que uma casa é como uma cidade, cada coisa com seu endereço, se usamos a tesourinha de unha tem que recolocar e-xa-ta-men-te onde tirou para o próximo encontrar sem ter que ficar gritando que nem desclassificado, já pensou se o governo mudasse tudo para outras ruas, a gente ia para a igreja e ela não estava mais lá, ia para o colégio e não tinha aula porque colocaram o colégio noutro bairro, nós não estudávamos e não serviríamos para nada quando crescêssemos, que nem o bebê da minha tia se nascer problemático, coitado.

15

Para compensar tanta preocupação, Deus faz minha priminha não só nascer normal, como ter cabelos loiros encaracolados e olhos que ficam azuis se a gente se concentrar bem, dizem que minha tia ganhou na loteria, além de tudo nem morreu e pelo visto vai viver um tempão. Meu irmãozinho não demora a chegar, de tão pequeno parece uma das minhas bonecas, menor que a Beijoca, que minha irmã nunca me empresta porque é egoísta e nem liga que é pecado. Dois dias depois, ela pede para minha mãe colocá-lo de volta na barriga, o coitado chora o dia inteiro e dói o ouvido, bem feito, está com ciúme de perder o posto de caçula, mas minha mãe responde que não tem jeito de devolver o menino, é melhor nos resignarmos como ela, que não tinha pedido aquele filho para Deus mas Ele resolveu dar assim mesmo.

Logo descobrem que ele chora porque está doente, o médico é chamado às pressas e num susto percebo que se ele morrer vai ser culpa minha por não ter cumprido a promessa de rezar não me lembro quantos Pai-Nossos-que-estais-no-Céu se vingasse, agora se morre ele vai para o Céu e eu para o Inferno, nenhum padre ou Frei que me aperta vai me absolver desse pecado, por isso vou até o patamar da escada, onde tem um Jesus de peito aberto segurando o coração como se tivesse sido operado para um transplante, que só fazem nos Estados Unidos, que é mais desenvolvido, e rezo de enfiada trinta Ave-Marias e vinte Pai-Nossos-que-estais-no-Céu-perdoai-o-meu-esquecimento-amém.

Saio com os joelhos doloridos, mas vale a pena, ele sara e sorri para mim como se soubesse de tudo mesmo sendo tão pequenininho. Como sou a irmã mais velha, dou banho e ponho para dormir, minha mãe esgotou a paciência com três filhos quase criados, e além das bijuterias e sandálias feitas à mão ela dá aulas de corte e costura para algumas grã-finas que nunca pegaram numa agulha e são tão metidas que dá a maior raiva.

Toda tarde aquelas mulheres entram na garagem que ela mandou limpar, e inclusive jogou fora quinquilharias guardadas há um tempão para se um dia precisar e meu pai encomendou pranchetas sobre cavaletes iguais às do escritório dele que são usadas como mesas para cortar os moldes desenhados pelo método centesimal descoberto pela minha mãe, até uma criança de seis anos é capaz de entender apesar dela nunca me explicar nada, mesmo tendo eu essa idade, e nem importava, contanto que me desse um estojo de madeira daqueles que distribui para as alunas formadas, com repartições para réguas retas e outras tortas e encurvadas, ótimas para fazer desenho de círculo sem ficar tremido.

Com essa escola improvisada, que nenhum fiscal de renda pode desconfiar que existe, somos proibidos de ficar na garagem, que adoro por causa das estantes de livros, justo agora que leio cor-ren-te-men-te não posso mais chegar perto dos volumes de chorar da Sereia e um outro, sem gravuras, com a história de um príncipe perseguido pelo fantasma do pai que de tão atormentado mata o tio que casou com sua mãe-rainha e acaba castigado, pois só Deus pode tirar a vida da gente, minha mãe explicou. Sobra a Barsa, que fica alta no corredor, a Enciclopédia Britânica, que é na língua que meu pai e minha mãe falam para não entendermos, e o Eça de Queiroz encadernado com letras douradas, que não é para minha idade e, mesmo se fosse, foi proibido pela Igreja e nem devíamos ter em casa, quanto mais ler.

Nesse espaço onde se guardam cacarecos para-se-um-dia-precisar e velharias para-no-futuro-consertar, monto a festa de São João que depois de eu implorar e espernear minha mãe concordou em fazer, e até ajudou a desenhar os convites. O quintal eu salpico de bandeirinhas coloridas que recortei uma a uma, elas duelam com as nuvens cinzentas, para enfeite aproveito balões que meu pai proibiu de soltar, são um perigo e provocam incêndio, se caem com a mecha acesa no telhado de uma escola queimam os alunos como no circo que pegou fogo na revista, sobram só os sapatos empilhados pelos bombeiros e talvez as pastas de couro, por serem de papel os cadernos não resistem às chamas e viram cinza num estalar de dedos. A mesa de salgados e doces típicos está pronta, só falta quentão, tem cachaça e não pode, com a vitrola ligada e os compactos de música caipira fora da capa, aliso o vestido de chita costurado pela minha mãe com um retalho em oferta e seguro a vontade de arrancar o chapéu de palha, que incomoda e coça, mantenho na cabeça por causa das tranças loiras caindo pelos ombros, quem não me conhece poderia inclusive pensar que meus cabelos são mesmo desta cor, ao contrário da minha irmã, de maria-chiquinha e laçarote vermelho nos cachos escuros, que não engana ninguém, coitada.

Estou dando os últimos retoques no crepom preso com durex para esconder os livros nas prateleiras, como não temos salão de festas e dentro de casa suja e estraga, é aqui que recebemos os convidados, quando ouço um trovão que me apavora não pelo barulho ou medo de morrer eletrocutada mas pela tempestade que vai estragar a quadrilha. Aos pulos subo a escada até o quarto da minha mãe e diante do Cristo de braços abertos rezo e prometo e me desespero, como ninguém Ele sabe o significado da palavra Sofrimento, tem que atender às minhas preces e mandar São Pedro suspender o aguaceiro, é o Bambambã que nenhum santo ou anjo ousa desobedecer, senão Deus transforma em Capeta e expulsa do Paraíso, não sei qual das duas providências toma primeiro. Levanto com os joelhos doloridos, através da janela a garoa cai de mansinho, ela não arruína as brincadeiras mas tira a alegria do entardecer, ensopa a decoração caprichada e encurta as danças, minha mãe briga comigo por causa da balbúrdia e da lama e no final não sei se cumpro inteira ou pela metade a promessa de rezar trinta Ave-Marias, nem se agradeço aos Céus nem nada.

16

O ano começa cheio de novidades, depois de receber o diploma do jardim-de-infância garantindo que sei ler e escrever até palavras complicadas com cê-cedilha e tudo, entro num colégio de freiras modernas, minha mãe explicou, mas nem tanto quanto as que ajudam os pobres sem usar hábito, não fosse o crucifixo no pescoço ninguém saberia que são religiosas, o que é muito sério, algumas arrumam namorado e ficam Imorais, diferente do Frei, que também ampara os pobres mas veste batina franciscana e chama minha mãe para colaborar com ele em Perus, os operários fazem uma greve que dura um tempão, não recebem vintém e estão passando necessidade, coitados.

Compenetrada dos deveres de católica que manda fazer caridade, minha mãe inventa aula de costura para as mulheres dos maridos que só voltam ao batente se o patrão deles, um pão-duro de marca maior, der aumento de ordenado, o que nunca vai fazer, e toda quarta-feira, quando não tenho aula à tarde, vou com ela na Vinte e Cinco de Março e na Zé Paulino comprar aviamentos, linha, botão, colchete, fecho ecler e et cetera, além de rolos de chita, que é mais barato e para pobre está bom demais, e depois levamos até Perus, as mulheres cortam com a máquina que minha mãe alugou, costuram, pregam botões, ela traz de volta e vende para um atacadista na Vinte e Cinco e no final das contas distribui o dinheiro que sobra entre as famílias necessitadas. Meu pai ajuda fazendo os cálculos de quanto ela gastou e quanto ganhou, diz que é uma mixaria, besteira se meter nisso e ser chamada de esquerdista por tão pouco, mas ela responde que ficou realizada quando uma das costureiras disse que agora ia comprar remédio para o filho doente e além de tudo o Frei é amigo de infância do meu pai e um sujeito muito correto para nos fazer correr perigo à toa.

Visto o uniforme de saia azul-marinho pregueada e blusa branca, pego a lancheira com a garrafa de café com leite, banana, pão com manteiga e a pasta de couro marrom com caderno de caligrafia e aritmética tinindo de novos comprados na Mestre Jou da rua Augusta, entro no carro, meu pai estaciona e andamos pelas alamedas de árvores como um parque até a entrada, onde a professora olha o nome dos alunos e diz qual é nosso andar e o número da classe. Subimos a escada e meu pai me deixa na porta, deseja boa sorte com um beijo que mal roça meu rosto, ao contrário do abraço do Frei, que gruda meu corpo no dele, vai embora feito se estivesse com pressa, mas no meio do caminho vira para trás e eu noto um brilho nos seus olhos que mexe alguma coisa em mim, já vivi um momento igual a esse, só não consigo lembrar onde nem quando.

A figura dele some no corredor comprido, eu entro na sala repleta de meninas sentadas na mesinha individual e me sinto uma intrusa naquele ambiente estranho. A professora se aproxima, pergunta meu nome, seguro o medo e a vontade de gritar por meu pai através da janela imensa que dá para o pátio externo, tenho certeza que voltaria para me buscar, mas fico com pena, tiveram uma trabalheira para conseguir vaga, porque não somos daqui nem temos parentes com influência, então engulo a dor de barriga e escondo a tremedeira porque senão a professora acha que estou doente, chama meu pai e o sacrifício dele não teria servido para nada, coitado.

Os cheiros daqui são infinitos, não acho neles um ponto de apoio, procuro fixar a sala grande demais para meu olhar acanhado, a porta dupla se abre em duas, agora é o teto alto que me chama a atenção, ele flutua sobre paredes que pulsam como se respirassem, é a mesma impressão de quando entramos nas igrejas construídas assim de propósito, para ficar perto do Céu e nos fazer sentir insignificantes perante Deus, minha mãe explicou, mas não entendo por que sala de aula precisa imitar igreja, deve ser porque é um colégio de freira e não uma escola comum, onde nem ligam se a gente se sente ou não humilhada em relação a Deus o tempo todo.

No recreio toca uma sirene que parece de incêndio, perdi a vontade de beber o café com leite coalhado de nata, que solta um cheiro enjoativo, se não tomo é pior, a fome aperta, por isso destampo a garrafa de plástico que me recorda a escola velha, lá eu conhecia os colegas e não ficava como agora, um frio subindo até a garganta como se estivesse entalada com azeitona, que odeio. Por sorte no fim de uma semana fico amiga de uma menina que não faz parte do grupo que goza da minha calcinha furada que viram quando escalei a gruta com a Nossa Senhora de manto azul-e-branco do pátio interno, a mãe dela também acha que se deve usar tudo até acabar, mesmo estando meio rasgado, não somos milionários e Deus pouco se importa com aparência, prova disso é que não tinha nojo daqueles mendigos pobres e miseráveis e imundos que nem banho tomavam senão caía um pedaço do corpo por causa da lepra.

Só que as freiras da escola nova não devem ter lido essa parte da Bíblia, elas ficam furiosas quando chego sem a faixa roxa na cintura e o crucifixo de plástico branco que é Obrigatório toda quarta-feira, esqueço pela segunda vez con-se-cu-ti-va, deve significar um Pecado quase Mortal e sou mandada para a Madre Superiora. Caminho para lá como se estivesse pelada, igual nos pesadelos em que apareço sem roupa na sala-de-visitas-de-cerimônia com tudo de fora, feito as índias sem Moral nem nada, encontro a Madre sentada atrás de uma mesa enorme na sala com um teto que parece flutuar de tão alto, as pupilas dela brilham do mesmo jeito que as do meu pai quando ele fica louco para tirar a cinta e nos dar uma surra, seus cabelos devem ser loiros e cacheados, não posso garantir por causa do hábito, com que esconde o corpo feito Nossa Senhora para mostrar que ao contrário das índias ela tem Moral de sobra.

A Madre abre a boca, escuto apenas trechos porque estou concentrada em evitar que meu nariz escorra, ela diz que passei dos limites, aquilo é in-to-le-rá-vel, sou desordeira, preguiçosa e ingrata, não me esforço para retribuir o que Ele faz por mim, mereço uma lição à altura da minha Ofensa, Deus é bom e sabe perdoar mas é implacável para Castigar, nessas horas consegue ser ruim e cruel e tudo, haja vista o que teve coragem de fazer com o próprio filho, Sangue do Seu Sangue, um milagre de nada salvava Jesus dos pregos-que-eram-cravos enferrujados de micróbios e tétano, Coitado, imagina o que não é capaz de fazer com simples mortais, e o Cristo pendurado sobre a Madre embaça, acho que fiquei cega, isso é o que ela chamaria de punição exemplar, destampo um choro apavorado e corro para o banheiro, mas as lágrimas não me deixam enxergar o caminho, me perco pelos corredores e vomito no meio da escada mesmo.

17

Minha mãe pensa que sou retardada mental, é o que fala baixinho para o médico que vem me examinar por causa do febrão que desta vez não passa, não importa o quanto deixa sua mão na minha testa, estou de novo na cama-de-vento armada no quarto dela, forrada com um lençol reservado para receber visita no caso de doença, mesmo não sendo ele uma, meu pai assina um cheque e sei que não se paga para nos visitarem, nem mesmo quando estamos doentes.

Até que me esforço para retribuir o que pagam para eu estudar numa escola do melhor nível, mas além de não entender o que é isso não gosto de aritmética, só do tec-toc-tuc dos cubos, barras, dezenas, centenas e milhares de peças de madeira com as quais aprendemos a contar, sentamos no chão e não nas mesas, que seria mais higiênico, para empilhar as peças de multiplicar e dividir e somar e subtrair, elas despencam no soalho e fazem um barulhinho com cheiro de madeira seca. Em compensação adoro história, em vez de estudar quem descobriu o Brasil, que está todo mundo careca de saber que foi Pedro Álvares Cabral, perdido no caminho para as Índias, coitado, aprendo sobre os faraós do Egito enterrados junto com os tesouros e as esposas ainda vivas berrando de pavor e pedindo pelo-amor-dos-deuses, que na época delas tinha de montão, mas não adiantava porque antigamente era assim mesmo, e os sacerdotes as embrulhavam em gaze e esparadrapo, band-aid custa um absurdo até para faraó, que já nasce milionário, e depois tinham os olhos furados para não confessar onde ficava a tumba dentro das pirâmides, nem em qual das três esconderam as jóias e as riquezas e tudo.

As aulas de ginástica não são ruins, quando chove ficamos no salão levantando e abaixando pernas e braços ao som de um piano igual ao que tem na academia do lado de casa mas aonde nunca vamos porque já somos sócios do clube e temos que aproveitar o máximo por causa do título, que custou uma fábula. Toda manhã cedinho acordo com o piano, que fico escutando durante um tempão, porque não precisa pagar, e às vezes espio por cima do muro a piscina que estão construindo, porque também não cobram para olhar.

Na escola aproveito o recreio para voltar à sala de ginástica com minha amiga, que não sei de que faixa da sociedade é, mas gosto de ir naquele lugar escuro que dá arrepio, ela fingindo ser meu cachorro preso na coleira feita com nossas faixas roxas de quarta que nunca mais cometi o sacrilégio de esquecer de usar junto com o crucifixo de plástico imitando marfim sem o Cristo pregado mas que nem faz falta porque a cruz é a marca registrada Dele. Enquanto puxo minha amiga sinto um troço esquisito que entorna pelas pernas, igual nas brincadeiras de médico que tem de tirar a roupa e diferente de quando troco a fralda do meu irmãozinho, aí sinto uma quentura que sobe pela boca e escorre pelo nariz, e não pelo meio das pernas como agora.

De qualquer jeito prefiro as cruzes com Ele pregado, as mãos furadas com cravos enferrujados para dar tétano, as chagas abertas enchiam de mosca-varejeira, não punham remédio de propósito, para infeccionar e Ele morrer mais depressa, porque naquele tempo não tinha antibiótico nem nada e mesmo se tivesse não davam, eram tão malvados que ofereceram na ponta da vara a esponja molhada com vinagre quando Ele teve sede só para pingar, arder e judiar ainda mais, Coitado. Por isso, no dia em que eu for para o Céu, a primeira coisa que vou fazer é limpar com água oxigenada os pés Dele, que sangram sem parar, depois passo mercuriocromo, porque mertiolate queima feito fogo e Deus ia ficar zangado e me expulsava de lá, e no final eu ia usar papel Yes e band-aid de montão, porque no Céu é tudo de graça e nem precisa ser sócio da Light.

18

Meu pai me chama lá de baixo.

— Quê?

Ele torna a gritar meu nome. Eu volto a responder:

— Quê, pai?

Ele ainda não ouviu, deve estar surdo, é o que tenho vontade de dizer, não me atrevo, daria motivo garantido para umas cintadas, então insisto:

— Quêêêêêêêêê?

Ele continua me chamando, agora num tom alto, ou melhor, superalto, berra como se morássemos num pardieiro. Percebo a raiva grudada na voz e caio em mim:

— Senhor?

— Agora, sim! Desça para jantar!

— Mas ele ainda não dormiu!

— Não perguntei. Obedeça!

— Mas...

— Se eu subir aí, você vai se arrepender! Estou avisando!

Olho para meu irmãozinho no berço, os braços espichados segurando minha mão através das grades, e sinto um aperto que chega a doer, no quarto mergulhado na penumbra, só a luzinha acesa no canto, dá para ver seu rosto assustado como se adivinhasse os perigos e pedisse para eu ficar ali, espantando o medo dos ladrões, que podem aparecer a qualquer momento, sobretudo quando se é indefeso como ele. Suspiro, toda noite é a mesma lengalenga, ele chora até eu aparecer, sentar no chão e ir embora só quando está no quinto sono, senão ele acorda quando saio de mansinho, descalça para não fazer barulho, e começa tudo de novo. Às vezes dá sorte e ele dorme num instante, mas quase sempre fico lá até a comida esfriar e eu correr o risco de levar cintadas do meu pai ou chineladas da minha mãe, que doem menos mas vêm com os beliscões e no fim dá na mesma.

Minha mãe fala que deseduco meu irmão, ela já estava com a paciência por um triz quando ele nasceu por vontade de Deus, por isso agüento a fome o máximo possível, pior é o medo de levar palmada, mas tenho pena dele, se não foi encomendado de propósito, não pediu para aparecer na barriga de ninguém, e como sou a filha mais velha, meu irmão é menino e não conta, não posso deixá-lo largado feito criança sem dono. Ele adormece e solto um a um os dedinhos presos na minha mão, ajeito o travesseiro, o lençol e a colcha em torno do corpo como meu pai faz quando nos dá boa-noite e a gente fica moldada pelas cobertas, que nos mantêm numa quentura gostosa, e deixo apenas o nariz de fora para ele não sufocar dormindo, que se chama morte-no-berço e é muito comum em bebês prematuros como ele, minha mãe avisou.

Vou saindo do quarto, viro para trás e estremeço, ele cochila num caixãozinho branco próprio de criança, lindo feito um Menino Jesus na manjedoura só que sem respirar nem nada, está indo e não vindo do Céu trazido pela estrela de Belém. Esfrego os olhos e tenho medo de reabrir, como quando acho que entrou ladrão no quarto, e afinal encaro o berço, em vez de caixão-miniatura tem só meu irmãozinho dormindo feito um anjo inocente que ainda não conhece as aflições da noite, da vida nem da morte por sufocamento.

Na cama, mais tarde, reviro pelejando contra os pernilongos ainda mais atrevidos neste calor, meu corpo dói e tenho sede, mas não chamo meu pai porque eles disseram que já estão exaustos, fico impressionada à toa porque não consigo fazer a digestão das coisas dentro da minha cabeça, feito se tivesse comido arroz com feijão e banana de sobremesa na hora do jantar. Rezo para Deus parar meu enjôo e me fazer uma boa aluna, quase repeti o ano e vivo sendo motivo de chateação para minha mãe, até injeção na barriga no Instituto Pasteur eu tomei por causa de um sagüizinho que arrumei, ele morreu de frio e fome, caiu duro da silva com a cara dentro da tigela quando fui levar leite morno num susto tão grande que no caminho até minha mãe apareceu uma febre de quarenta graus, ela chamou o médico, que na dúvida recomendou vacina anti-rábica para eu não morrer igual à moça que reformou o véu de noiva para o berço do filho, mas esperneio de pavor diante da agulha grossa dolorida, depois da barata, a pior invenção de Deus e até hoje não entendo por que criou, um bicho inútil, ela não fabrica mel nem nada, só serve para pregar susto no meu pai, acordado no meio da noite pelo meu grito de socorro quando abro o armário da copa e o bicho marrom-escuro despenca no meu pé, pelo tom desta vez é mesmo ladrão, ele abre o cofre segredo 75, uma volta para a direita, duas para a esquerda, parando no 47, erra o número por causa da afobação, salta os degraus da escada com o revólver 38 em punho para me salvar das garras do criminoso, devem ter esquecido a porta aberta, essa empregada não tem um pingo de responsabilidade, daí ganho uma surra de chinelo, ele está de pijama que não tem cinto, a barata vira meleca branco-amarela pisada no canto e eu fujo chorando que dá vontade de vomitar.

O sagüi eu enterro no gramado cheio de esqueleto de animal debaixo das cruzinhas de graveto amarrado com barbante, são três cadelas que pularam o muro e foram atropeladas, outra que lambeu a tomada e só soltou quando dei um safanão, minha mãe correu para o veterinário como se não tivesse nada mais urgente para fazer, coitada, o periquito que o gato comeu na própria gaiola no banheiro da empregada, sobraram só as penas e não tinha conserto, a tartaruguinha d'água que mordi distraída pensando ser o pé-de-moleque que segurava na outra mão, meus dentes atravessaram o casco mole, nem adiantou encher de mercuriocromo, o cardeal que meu pai trouxe da Bahia junto com berimbaus e estátuas de barro de montão, um gatinho em quem dei banho e que não sequei direito e outros dois que prendi no sol e morreram tostados, além das pombas e dos pardais em que meu irmão mete chumbo com a espingardinha de ar comprimido e ninguém liga porque são aves porcas, têm filhotes de montão e passam doença, sem contar os zilhões de peixinhos que empanturro de comida em pó, aparecem boiando no aquário e não tiro porque dá uma gastura esquisita quando pego neles.

Claro que não é falha minha se não entendo as lições na escola, nem se sou a mais baixinha da turma e tenho cabelos pretos lisos, mas prometo rezar Ave-Marias e Pai-Nossos aos montes se eu sarar, virar a primeira da classe e ficar mais alta, que agora é tarde para pedir cabelos loiros encaracolados, só se tingir e fizer permanente. Rogo isso tudo a Nosso Senhor por causa da minha mãe Cansada de cuidar de mim direto, apesar de eu ter nascido quando ela já tinha perdido as esperanças de ter outro filho só faço meu pai e ela passarem vergonha, falo sem parar e quando vamos a uma festa fico me exibindo, converso com todo mundo, viro o centro das atenções e deixo a mãe da aniversariante de cara amarrada porque aquele era para ser o dia da filha dela, a gente faz anos uma vez a cada trezentos e sessenta e cinco dias, menos quem nasce em 29 de fevereiro e ganha presente só de quatro em quatro anos mas em compensação envelhece devagar e demora muito mais para morrer.

19

Acordo com uma sensação estranha que o piano da academia ao lado não faz sumir porque não tem ninguém tocando. Aí lembro que hoje é domingo e corro para o quarto do meu pai e da minha mãe, nesse dia não é anti-higiênico deitar na cama deles, é mais um mistério a entender, no restante da semana não se pode nem sentar, quanto mais ficar como agora, todos juntinhos, sem ter escovado os dentes nem feito xixi para não perder um segundo dessa sensação que só acontece uma vez a cada sete dias. Pareceríamos até família de anúncio de revista, não fossem nossos cabelos e olhos escuros em vez de loiros e azuis e a ausência da minha mãe, muito Ocupada desde cedo para desperdiçar tempo na cama lendo o *Suplemento Feminino*. Pego o jornalzinho de criança, disputo com meu irmão para ver quem lê os quadrinhos do filhote de dinossauro de olhões imensos que come planta em vez de caçar bicho feito os amigos dele, que só não devoram gente porque Deus ainda não tinha fabricado.

Logo a fome aperta e fico de mau humor, que em criança é falta de couro, daí brigo com meu irmão até meu pai acabar com a festa e nos expulsar da cama, mas quando descemos para tomar café ele vem junto, está arrependido pela bronca porque hoje é dia de repouso e o que Deus vai pensar se começarmos a manhã de mal uns com os outros? Sentamos à mesa, depois de dar mamadeira para meu irmãozinho e minha irmã, que já tem quase cinco anos e vai mamar até os doze, a chupeta ela nem largou ainda, e tomamos café com leite e pão em pedacinhos que meu pai pica e joga açúcar em cima da manteiga para dar um gostinho crocante de domingo.

Minha mãe termina metade do que tinha para fazer, uma dona de casa não descansa nem nesse dia, é uma luta diária, e nos vestimos para a missa das dez, ponho minha roupa preferida feita com um conjuntinho desmanchado e reformado, ela é craque em aproveitar tudo o que cai de moda, e ficamos eu e minha irmã com modelos do mesmo tecido, minha mãe nem liga que odeio ficar igual par de vaso, tenho que me contentar, não somos ricaços para comprar roupa em loja se pode costurar ela mesma tudo o que vestimos, tem que economizar nas pequenas coisas, nos fósforos e nos botões, geladeira e automóvel novo não se compra todo dia, meu avô ensinou e meu pai aprendeu. Só meu irmãozinho ganha shorts e blusinhas novas, as roupas de menino foram para os primos do lado do meu pai e as rasgadas para os pobres, ela não pretendia ter outro filho, mas Deus deu e pegou minha mãe desprevenida.

Paramos o carro na frente da igreja, meu pai tem um trato com Deus para encontrar sempre as melhores vagas, e na sangria desatada entramos para escolher um dos bancos perto do altar para ver tudo sem subir na tábua de ajoelhar que acabou de ser encapada, senão estraga e é falta de respeito na casa do Senhor. Eu e minha irmã usamos véu branco e minha mãe o cinza-claro próprio para mães de família e para as solteironas que já perderam a esperança de casar para ouvir o padre numa língua que não entendo, diferente daquela em que meu pai e minha mãe conversam entre eles para não sabermos do que estão falando, olho as pinturas no teto acima do altar, uma novidade que discutem na saída e quase ninguém gosta porque não combina com o estilo da igreja, mas eu adoro a Nossa Senhora de pele escura e não loira de olhos azuis como Ela é de verdade no Céu, ela está no meio de pretos e mulatas, de padres jesuítas e onças, papagaios, araras, palmeiras e até um macaco no colo da índia que teve o mínimo de compostura e pôs uma tanga minúscula, que é melhor que nada. Acho gozado pintarem personagens dos livros de história-e-geografia num templo sagrado, seria mais certo anjinhos de cabelos encaracolados e olhos azuis, além de santos e Virgens e outros personagens de que a Bíblia da Barsa lá em casa está cheia.

Seguro firme a nota de um cruzeiro para colocar no saco de veludo roxo igual a coador de café de recolher esmola que passam no meio da missa e nunca dá para descobrir quanto dinheiro tem lá dentro, só os padres sabem, mas não contam a ninguém para não tentar os ladrões, que até na igreja podem aparecer. Depois sento no banco com uma pontada de inveja dos que se levantam para receber o corpo e o sangue de Cristo, só faço primeira comunhão ano que vem, as aulas de catecismo ainda não terminaram, a fila diminui e, quando o último fiel retorna compenetrado, o padre engole a hóstia gigante que partiu sobre o cálice para não cair nada no chão, imagine se a faxineira varre um pedacinho do pão sagrado sem querer e acaba no Inferno, coitada. O coroinha despeja vinho nos dedos do padre em cima do cálice para retirar alguma partícula de Cristo que ficou grudada debaixo das unhas, apesar de mais prático seria feio chupar os dedos diante dos fiéis, e enxuga numa toalhinha, daí o padre sacode o cálice para não deixar nem uma gota e toma num gole só, na missa não é anti-higiênico beber o líquido que se usou para lavar as mãos.

Em seguida ele enxuga o cálice com o pano de prato bento que então ajeita sobre as bordas fazendo vapt-vupt para ficar lisinho, sem um pingo de pressa retira a chave de debaixo dos paramentos, destranca a portinhola dourada e guarda tudo lá dentro, inclusive as hóstias que sobraram, é como se estivesse arrumando a casa para receber visita-de-cerimônia, e me dá uma raiva danada ter nascido menina e nunca poder virar padre para sentir esse gostinho de lustrar o cálice devagar, com todos os fiéis olhando para você num silêncio respeitoso, só o barulhinho da toalha esticada e o cléin-cling dourado do cálice misturado à neblina arroxeada de incenso que fica grudada nas roupas até lavar.

Adoro observar os gestos do padre, mas para mim a atração principal é aquela família imensa que só chega quando já estamos sentados para serem admirados por todos, o pai de terno e gravata vem na frente seguido da família, traz pelo braço a filha caçula, ela tinha olhos bonitos que foram sendo cobertos por uma membrana pastosa a cada missa, até ficar com-ple-ta-men-te cega. Acho lindo ver a menina entrando sem poder enxergar mas sabendo que estão olhando para ela, por isso escolhe a dedo as roupas e está sempre alinhada de cashmere bordô e saia plissada com meia três-quartos combinando, o cabelo preso pela fivela para não deixar um fio tapar a visão que não tem. Ela levanta o queixo e caminha exibida, mostrando como aceita a privação que Deus mandou, está mais perto do Céu do que nós, que temos dois olhos e quase nada enxergamos.

Eu sei que é pecado, mas sinto uma inveja que vem lá do íntimo, nunca teremos a glória de entrar assim na igreja, com todos se voltando para nós como se fôssemos as pessoas mais importantes da missa, na nossa família infelizmente não tem ninguém cego ou aleijado, nem mesmo puxando de uma perna, só uma irmã canhota que usa botinha para corrigir pé chato, é pouco e não conta, a menos que aconteça algum acidente grave jamais vou ter esse gostinho, e não sou capaz de entender como Ele consegue ser tão Injusto.

20

Para mim o domingo se divide em duas partes, de manhã acontecem as coisas mais interessantes, principalmente a missa, que tento repetir em casa no altar montado no closet do quarto, o cheiro de incenso é difícil de conseguir igual, só dá para imitar com o espiral de pernilongo mas dói na vista e faz tossir. A tarde demora para acabar, começa quando tiro a roupa de ir à igreja, que ainda está limpa, e almoçamos na sala de jantar porque o Frei amigo do meu pai vem comer conosco e caprichamos na reza, obrigado, Senhor, pelo pão nosso de cada dia, às vezes aparece minha tia freira baixinha de hábito que não combina com os óculos, a roupa dela, minha mãe explicou, imita as vestes de Nossa Senhora e, como naquele tempo não existiam lentes nem nada, não pensaram numa forma prática de enganchar as hastes que incomodam debaixo do véu, ela se queixa mas nunca esquece de trazer medalhas e santinhos, Jesus de plástico que brilha no escuro, marcador de livro com imagens dos apóstolos, terço de contas de madrepérola de mentira, anjos da guarda de gesso pintado e ágnus-deis em forma de coração com um pingo de cera dentro que dá vontade de raspar com a unha mas é pecado e Deus castiga.

Já o Frei usa batina e sandálias franciscanas iguais às de Cristo, tiradas quando pregaram Ele na cruz porque ia ser duro furar os pés passando pelo couro, mesmo sabendo que as Dele estavam para lá de estropiadas por causa das andanças no deserto, além de dar sede e vertigem gasta demais a sola dos sapatos. O Frei chega e me chama, vem cá, Serelepe!, eu acho engraçado mas finjo não escutar, pois ele sempre me agarra espremendo meu corpo contra o dele um tempão, nem adianta bater as pernas e pedir para soltar, fico com nojo porque ele está suado, me beija no pescoço e cheira meu cabelo, que hoje nem está lavado, eu sufoco sem me debater, ele é o representante de Deus na Terra e um santo homem, abandonou tudo para viver na pobreza, dorme numa tábua sem travesseiro e ajuda os operários de quem ganhou a engrenagem com um Cristo pregado no lugar do crucifixo normal mas não é pecado porque foi autorizado pelo Bispo, ele explicou para minha mãe e eu ouvi.

Com visita ou sem visita, depois do almoço meu pai veste pijama e vai dormir, é ruim porque não podemos fazer algazarra nem assistir televisão alto, pois ela fica bem no hall da escada e ele precisa tirar o atraso do cansaço acumulado durante a semana. Vou para o quarto fingir de rainha com as camisolas do enxoval da minha mãe, são de um tecido chamado cetim e têm acabamento de renda que rasga à toa quando o salto do sapato dela, que peguei escondido, engancha na barra, também sujam de ruge e pó-de-arroz que eu e minha irmã passamos na cara e depois guardamos na penteadeira senão levamos chineladas doídas acompanhadas de beliscões nos mesmos pontos do braço, que nunca dá tempo das marcas roxas sumirem.

Quando meu pai acorda, lá pelas quatro da tarde, minha irmã e eu brigamos para levar a limonada docinha que o organismo dele pede, depois desligamos a TV bem no meio da *Lassie* para dar banho no carro ao lado da cerca viva cheia de lacerdinhas que ardem nos olhos, ele tira os tapetes, passa aspirador, ensaboa a carroceria com uma esponja e enxágua com a mangueira até a perua Opel ficar como zero, mesmo das calotas ele faz o prateado reluzir, e como está bem-disposto porque equilibrou o cansaço acumulado sobe e pega meu sapato marrom, o outro é de verniz e não precisa, separa as botinhas da minha irmã e os sapatos do meu irmão, pois os do meu irmãozinho são de pano que nem meu Bamba e além disso perde rápido, daí meu pai enfileira todos os calçados da casa, menos os da minha mãe, que não gosta que mexam nas coisas dela, e os da empregada, era só o que faltava, e vai engraxando um por um, enquanto eu e minha irmã esperamos o momento de cuspir para ele lustrar com a flanela, que não tem nada igual para fazer o couro brilhar.

À noite, depois do lanche, que tem até presunto no misto-quente com bolo de chocolate de sobremesa e coalhada no vidro com tampa de alumínio para meu irmão sempre de castigo, ele só faz arrelia, nem ajuntar mesada consegue, torra tudo em figurinha, pede dinheiro emprestado e nunca me paga de volta, no máximo dá tampinha de Coca-Cola que nem para trocar por garrafa-miniatura serve, a promoção já passou, mas, como hoje é domingo e não tem novela imprópria que não assistimos, vemos *Perdidos no Espaço* torcendo para o Dr. Smith não adiar de novo os planos do pai e do namorado da Judy, que não pode casar porque nos outros planetas não tem padre, igreja, nem nada, e ela vai acabar solteirona, coitada. Antes do episódio terminar meu irmão fica na frente da tela e imita o robô de braços abertos repetindo "Não tem registro, não tem registro" até me irritar porque não é filho de vidraceiro nem fantasma, e nos pegamos de tapa, ele puxa meu cabelo, conto para a minha mãe, que dá umas chineladas nele e põe de castigo outra vez, esse menino é uma peste e faz da vida dela um Verdadeiro Tormento.

21

Bem no meio da semana, ao voltar da casa de um amigo, meu irmão descobre que a setter escapuliu pela grade da frente e está morrendo atropelada. Com os vizinhos ele põe a cadela no carrinho de rolimã e puxa para o quintal, jogamos água, ela abre os olhos, mas está muito machucada, morre e é uma choradeira só, até meu irmãozinho acompanha o berreiro com saudade do pêlo avermelhado que gruda na mão e tem que lavar antes de comer porque é anti-higiênico e dá doença. Meu pai fala para meu irmão se consolar, é melhor perder um cachorro do que alguém da família, bicho é tudo igual, basta substituir por outro da mesma raça que nem se percebe a diferença, se fosse pai ou mãe aí sim era impossível arranjar cópia e tinha que se desesperar, escuto maravilhada pensando como Deus é Inteligente em criar os animais parecidos para poder trocar por outro quando um morre, mas meu irmão não se conforma e continua chorando assim mesmo.

Ainda estamos de luto pela morte da Laika, que era feito um membro da família mesmo sendo bicho, que nem alma tem, e levamos outro baita susto quando meu pai e minha mãe saem de noite nos deixando sozinhos, a empregada já foi para o quarto dela e as portas lá embaixo estão trancadas, todo dia meu pai, o último a subir, passa a chave e o ferrolho na portinha do corredor do banheirinho, onde fica o armário com a caixa de luz e fusíveis, tranca a porta da copa, da cozinha e da sala de jantar, por um lado é bom porque, se um ladrão entrar, demora até arrombar cada uma e dá tempo para meu pai pegar o revólver 38, descer pé ante pé e pum!, enquanto minha mãe liga para a polícia se ele não tiver cortado os fios do telefone como nos filmes e pede para levarem embora o cadáver ensangüentado. O ruim é que quando tenho sede ou esqueço a mamadeira do meu irmãozinho dá preguiça abrir aquele monte de fechaduras, sem falar no medo das sombras, que podem esconder algum malfeitor na escuridão.

Nessa noite estamos vendo *Roy Rogers* e no intervalo meu irmão vai fazer pipi e eu vou arrumar o quarto que minha irmã deixa com roupas esparramadas, antes de dormir gosto de olhar cada enfeite no lugar exato, dá uma sensação de paz azulada que vem da lâmpada acesa no canto da parede e quando acabo até o calor e os pernilongos diminuem no meio da Ordem, por isso meu sonho é ter um quarto só para mim, sem dividir com uma irmã de quem nunca consigo ser a melhor amiga porque nos odiamos e nos xingamos e nos batemos como moleques.

Quando termino a arrumação caprichada, escuto um berreiro vindo do hall, estremeço, o coração quer saltar pela boca, tenho certeza que viram ladrão, mas aí descubro que meu irmãozinho rolou escada abaixo de voador porque esquecemos de fechar o portão, ele fica pálido e não chora feito meu pai quando escorregou do terraço e bateu a cabeça na quina do canteiro aos cinco anos, meu irmão acode e corremos com ele até o banheiro para jogar água fria como fizemos com a Laika e nem adiantou, que ela morreu assim mesmo.

Através da porta-balcão falsificada gritamos pela empregada, numa emergência os vizinhos não vão pensar que somos favelados, telefono para o amigo do meu pai que mora perto, ele vem salvar o anjinho que pusemos no berço, quando chega encontra nós três ajoelhados diante do crucifixo perto da cama de casal, seria o maior desperdício Deus levar meu irmãozinho justo agora que vai completar um ano e está quase falando, prometo nunca mais comer chocolate se ele escapar, além de tudo sou alérgica e fico atulhada de coceiras avermelhadas quando não resisto. Espremo minha alma até o sangue inundar o coração, que ofereço a Jesus em troca da vida dele, apesar de Pecado Mortal prefiro morrer a nunca mais sentir o cheirinho branco de Hipoglós e a maciez da pele na hora do banho com sabonete que dá vontade de morder por causa do perfume de neném mas precisa economizar que custa caro e não somos milionários nem nada.

Meu pai e minha mãe chegam para lá de meia-noite e ainda estamos ali, os joelhos doendo e os olhos ardidos por causa do sono e do nervosismo, que em criança é fome ou falta de couro, menos num momento grave como este, minha mãe quer saber quem deixou o portão aberto, imediatamente me sinto Culpada, sou a responsável porque meu irmão é menino e não conta. Levanto derretendo de remorso, nem escuto o médico chamado às pressas dizer que ele não corre risco de morrer nem de ficar como meu tio que estacionou nos doze anos, vôo para o banheiro e desta vez dá tempo de chegar na privada, levantar o tampo e vomitar sem ter que limpar o chão depois.

22

Estas são as piores férias da minha vida, com tanta confusão ficamos aqui enquanto todo mundo viaja, as ruas estão desertas e as calçadas têm o cheiro monótono dos domingos de sol em que não vamos ao clube, escuto o radinho de pilha da minha mãe marcar gols do futebol que ela nunca perde, procuro consolo nas esquinas e nas árvores conhecidas mas elas parecem estranhas e distantes como se tivessem partido de férias deixando apenas os esqueletos, se não têm pernas nem alma devem ser dotadas de um espírito invisível como na história da Alice do País das Maravilhas.

Sinto um aperto que não sei explicar, nada consegue apagar o desespero de quem ficou para trás numa ilha deserta, penso nos primos, tias e tios que estão se divertindo sem mim, abandonada neste lugar triste como um cemitério, onde às vezes enterram defuntos vivos que tentam furar o caixão para não morrerem sufocados, coitados. Subo no muro que dá para a academia vizinha e vejo a piscina em construção, meu irmão e eu combinamos nadar escondido aos domingos quando não tem alunos, só o vigia que vai aproveitar a oportunidade e mergulhar sem o dono perceber.

Em fevereiro pelo menos tem Carnaval, e minha mãe, para compensar as férias roubadas, faz uma fantasia de marajá de calção bufante, colete preso por corrente de ouro de mentirinha senão roubam e é um perigo, além de pantufas em alpercatas forradas do tecido da roupa em que ela aplica pedrarias da Vinte e Cinco de Março sobre o fio dourado que vai desenhando arabescos tirados das *Mil e uma noites*, e arremata o turbante verde com safira falsa e uma pena de pavão. Pinta meu rosto com batom e lápis de olho, fico diferente e exótica e extravagante, que não sei o que significa mas deve ser bom porque ganho o concurso infantil do clube, vencendo a tirolesa loira cacheada que não teve a mesma originalidade na opinião dos juízes cegos, está na cara que ela é mil vezes mais bonita que eu, agora sei por que a estátua da Justiça tem olhos tapados, coitada.

Volto para casa feliz da vida, quando é nos outros a injustiça dói menos ou quase nada, esqueço a tristeza das ruas mudas com cheiro de vazio, passo o resto da tarde com meu irmão e minha irmã jogando sangue-de-diabo nos carros que aparecem e somem neste fim de semana cinza-chumbo apesar do sol brilhante e do céu azul como num dia feliz de anil.

À noite, depois do meu pai e da minha mãe saírem para o baile de Carnaval, deito no chão ao lado do berço do meu irmãozinho e choro baixo para ele não acordar, tenho inveja do sono tranqüilo dele, que não conhece os machucados invisíveis em que nem adianta colocar mercuriocromo ou band-aid mesmo se fôssemos milionários para comprar de montão, não aparecem por fora mas doem assim mesmo e demoram para sarar. No meio da madrugada, quando volta, meu pai me leva para o quarto onde minha irmã já dorme, eu aspiro lança-perfume grudado na camisa dele misturado ao suor e confete que suja minha cama mas nem ligo porque ele sorri de um jeito que faz meu machucado invisível latejar, fico com um nó na garganta e quase morro sufocada porque não consigo digerir dentro da cabeça tantos cheiros e sons e cores e tudo.

23

Retardada ou não, eu saio da escola nova, minha mãe fica possessa quando vê minha prova, enchi duas páginas assinando os sobrenomes das colegas como se fossem meus, aquilo é um sério sinal de falta de personalidade, ela se surpreende que ninguém tenha tomado providência. Fico decepcionada, minha intenção era jus-ta-men-te o contrário, queria juntar em mim todas as meninas que meu pai acha do melhor nível, não conseguia ficar amiga delas porque gozavam das minhas calcinhas furadas, daí encontro a maneira perfeita de ser todas ao mesmo tempo, mas gente grande nunca está contente e sempre dá um jeito de complicar.

É claro que não fui capaz de aprender a somar e multiplicar e dividir e subtrair com aqueles cubos e barras de madeira que fazem ploc, pluc, ploc, eles atraem minha atenção para longe de números e sinais, mas a gota d'água foi no Carnaval no clube, minha mãe viu a orientadora do colégio seminua, que é estar vestida de modo indecente parecendo Imoral ou mulher desquitada, não alguém de uma escola de meninas de família em fase de formação que precisam de bom exemplo, aquilo não tem desculpa nem justificativa, por isso mudo para o externato do meu irmão, que tem medo da diretora, ela me faz repetir o primeiro ano, assim vou ganhar base e deslanchar, ela explica meio brava com óculos de aro preto, lentes grossas e um pequeno bigode que nem o da minha avó e da minha madrinha que vive muito Ocupada para se preocupar com vaidades. Meu pai diz que ela tem psicologia, até aconselhou minha mãe a não bater no meu irmão, que tira nota baixa só para chamar atenção, sobretudo depois que foi esquecido na saída do colégio por causa da correria com meu irmãozinho, ele ficou mofando até resolver voltar para casa a pé no escuro transbordando de ladrões.

No primeiro dia de aula minha mãe me leva no Opel, um carro superior aos DKWs e aos Simcas, que quebram à toa, aos Aero Willys como o da minha tia, bons para estrada de terra mas superduros, e milhões de vezes preferível às Kombis, um perigo com a frente achatada, sem o motor de proteção, quem estiver na frente morre esmagado na hora quando bate, ela explica. No resto da semana fazemos rodízio com meu colega que mora numa casa linda e chique, com sofás estofados e não esburacados como o nosso e, apesar de eu nunca ter entrado na sala-de-visitas-de-cerimônia deles, pelo cheiro das tábuas largas e dos móveis antigos que escapa por debaixo da porta dá para imaginar a beleza sem ver com os olhos, só com o nariz.

Em menos de um mês estou in-tei-ra-men-te adaptada, quando a professora coloca as contas de pé na lousa e manda copiar no caderno de caligrafia as palavras separadas com tracinhos é como se a garoa fosse embora, parece até o milagre de Jesus que devolveu a visão a um cego, agora tudo se encaixa dentro da minha cabeça, sem o menor esforço posso somar, subtrair, multiplicar e até dividir sem me distrair com as barras que fazem ploc, pluc e atrapalham o raciocínio por causa do cheiro de madeira pintada. Sem elas e sem a liberdade de escrever do jeito que eu achava que tinha que ser mas não sabia se era o jeito como a professora achava que eu tinha que achar que se escrevia, fica fácil decorar as sílabas, costurar umas nas outras e formar até as frases mais compridas, basta seguir as regras do livro que nunca tinha visto, uma espécie de Bíblia da língua com todos os mandamentos, é só fazer igual que nunca mais cometo pecados gramaticais nem caio na tentação do erro e as notas 10 pintam de azul meu boletim. Meu pai diz ser essa a nossa obrigação e não mérito, não trabalhamos como ele, na mocidade foi tocador de sino e vendedor no almoxarifado do ginásio, tinha um lado bom, lápis e borrachas grátis e ainda ganhava do padre os livros enviados como amostra pelos editores. Ele gastava a sola do sapato até furar para não pagar passagem de bonde e, como não tinha galocha, quando chovia punha jornal senão encharcava, pegava uma gripe que virava pneumonia e daí nem adiantava, pois morria sem ganhar diploma nem nada, coitado.

As carteiras da escola são fixas no chão, sentamos de dois em dois, isso facilita na hora de olhar a prova do outro, não para copiar, que sei tudo, só para checar se escrevi o resultado certo, no início eu caio com um menino, cismo que ele tenta ver minha calcinha, que é nova porque as últimas rasgadas foram para os pobres, e a professora me põe junto de uma menina alta, de pele clara, que ainda por cima é Filha-Única e nem precisa ser loira de olhos azuis para eu me morder de ciúme. Ela mora num apartamento com um quarto imenso só dela, brinca com as bonecas e o urso de pelúcia de enfeitar, se estraga não tem problema, a mãe compra outro, é rica e talvez sócia da Light, pois no aniversário dela, além de Q-Suco de todos os sabores, tem guaraná Caçulinha à vontade, e quando ela não quer mais entorna pelo ralo da pia em vez de guardar tapado com colherinha para tomar depois, como é Única a mãe não acha desperdício jogar fora refrigerante que ainda dá para beber mesmo se estiver sem gás. Talvez por isso ela nem liga para os pacotes que deixa fechados para mais tarde, em casa tem que abrir na cara do convidado, senão é falta de consideração, ninguém vai saber quem deu bugiganga baratinha da Vinte e Cinco de Março ou presente caro e chique da rua Augusta.

O armário dela está recheado de roupas compradas em loja ou feitas sob medida, tem oito pares de sapato, descontando o chinelo e a sandália de dedo igual de empregada, os vestidos parecem um sonho, são aveludados e macios e azuis combinando com os olhos, que nem precisam ser dessa cor para fazer dela a menina mais linda e feliz do mundo, ela não tem irmãos para destruir os brinquedos e nem uma mãe Ocupada direto, sem tempo para encher de beijos e abraços o ano inteiro e ninguém acha feio se ela faz pirraça na hora de soprar as velas do bolo, Filha-Única é mimada e nela mau humor não é falta de couro nem de educação, é só mau humor mesmo. Por ser tão milionária e talvez até sócia da Light, que isso eu não tenho certeza, a mãe dela não reforma as roupas como minha mãe faz com as minhas e da minha irmã, estampadas e floridas e apertadas, o pano desmanchado tem que dar para nós duas, se falta tecido arremata com gorgorão branco, por isso as golas, os cintos e as mangas são sempre de outra cor, meu pai diz que ela faz milagres com a máquina de costura e é um exemplo para as grã-finas, que não sabem nem pegar numa agulha.

24

João Goulart foi recebido pelo presidente Kennedy, vi no *Repórter Esso* com meu pai, que ficou feliz, a viagem dele é um sinal de que estamos longe do Comunismo, pois o presidente antigo, da vassourinha da qual meu irmão tinha várias e me deu uma para eu não contar para ninguém, só fez burrada, inclusive condecorar com medalha um barbudo sem o mínimo apego aos valores cristãos. Por sorte nosso governador é sensato apesar de não ser mineiro, ele mandou prender um monte de operário em greve, empregado protestando é igual criança emburrada, só pede uma boa surra para reconhecer o lugar, meu pai diz também.

Junto com a escola recomeça o catecismo, estou na idade de fazer primeira comunhão mas tremo só de pensar no assunto, quem não engole a hóstia direto sangra pela boca como se fosse o próprio corpo de Cristo despedaçado, tem o caso da menina morta afogada no rio vermelho que inundou a igreja, sem querer ela deu uma mordida fraquinha, mas Deus é muito sensível, percebeu e castigou assim mesmo. As aulas de religião são no prédio de três andares sem elevador na nossa rua, isso facilita a vida da minha mãe, é menos um para levar e trazer, o apartamento tem o mesmo cheiro da casa da professora particular do meu irmão, uma mistura de azedo com abafamento verde-musgo, elas quase não abrem as janelas para não pegar friagem e guardam tudo na sala, inclusive livros, revistas e jornais, álbuns de fotografia e tranqueira de montão, como não dirigem não têm garagem onde colocar cacarecos para-se-um-dia-precisar. Deviam ter vergonha de receber visitas-de-cerimônia naquela desarrumação, mas não de morar sozinhas, elas já são bem velhas e ninguém vai pensar mal de uma solteirona de trinta anos que já passou da idade de arranjar marido, pior é a minha professora, além de feia usa bota com solado grosso para equilibrar uma perna mais curta que a outra e mancar menos, coitada.

Com ela aprendo a história de Jesus, do nascimento à morte, que não é morte e sim um disfarce para ressuscitar e ir voando para longe da mãe, que ficou na Terra mas nem era a mãe Verdadeira, sendo Ele filho do Espírito Santo, que aparece em forma de pássaro, por isso gosto tanto do arrulhar dos pombos no telhado da minha avó, é como se a Santíssima Trindade estivesse piando no meu ouvido, nem deixo pegarem os ovos que depois de um vendaval rolam para o chão e ainda estão inteiros, de repente tem um embrião de Jesus que Nosso Senhor estava chocando, quem sabe.

As aulas são úteis e ensinam a me conformar, passado um mês quase aceito a praga de ter os dentes perfeitos e nunca precisar de aparelho, depois nem ligo que não somos milionários, se é mais fácil um camelo passar pelo buraco da agulha do que um rico entrar no Reino dos Céus, imagine então se ainda por cima for sócio da Light! Agradeço ter nascido católica, a única religião com certificado de garantia fornecido por Jesus Cristo, representante exclusivo de Nosso Senhor sem contar os santos com licença especial para levar nossos recados, tenho dó de quem desperdiça a fé rezando para um Deus que não existe, além de não conseguir o que pede, feito carta enviada ao endereço errado, vai para o Inferno quando morre, que Deus é piedoso mas não perdoa os adoradores dos bezerros de ouro, já era assim antigamente, imagine agora. Para evitar cair em tentação, minha mãe me proíbe de ler Monteiro Lobato que é Comunista e Ateu, coitado, sem a mínima chance de ir para o Céu, e no meio de histórias infantis com aparência inocente enfia noções erradas na nossa cabeça, ela avisa.

Minha mãe também manda devolver os livros que a vizinha empresta, porque ela é adventista e não obedece ao Papa nem nada, mas fico sem jeito de explicar os motivos e invento uma desculpa esfarrapada, eles são simpáticos, têm olhos claros e um pequinês que late mas nunca morde, a família é toda baixinha e gozada, parecem duendes que escaparam da floresta, sobretudo a mãe gorducha de rosto redondo e batom vermelho borrado para fora dos lábios e o filho de nariz enorme, meio careca e lerdo porque não tem emprego, não se casou e vive às custas do pai, que passa o dia inteiro fora e nunca vejo. A irmã mora com eles, ela é normal e vende roupas numa butique na rua Augusta porque não se casou, não tem marido nem filhos e pode se dar ao luxo de manter unhas compridas pintadas de bordô e cabelos ruivos batendo nos ombros pouco apropriados para uma solteirona, minha mãe fala.

A casa deles é geminada dos dois lados, tem só um terracinho onde passam o dia inteiro com a cachorra no colo vendo o movimento da rua, o filho usa óculos de lentes grossas e fica batendo papo com a gente porque apesar de bem velho tem a nossa idade mental, fora que também é meio maricas. Às vezes me convida para entrar, não gosto porque a sala é abafada e tem cheiro de verde-musgo como o apartamento da minha professora de catecismo, só que mais puxado para o marrom. Ele é dono de uma coleção de Coca-Colas e uísque em miniatura numa cristaleira espelhada que multiplica as imagens e dá a impressão de que as garrafinhas são infinitas, mas a principal mania dele é jogar no bicho e comprar bilhete da loteria, que prometeu dividir comigo se ganhar, além de me deixar metade dos uisquinhos de herança quando morrer, o resto fica para a cadela que nasceu com alma como nós, ele pensa assim porque não é católico e tem a idade mental estacionada nos dez, doze ou nos quinze anos, não tenho certeza absoluta.

25

Afinal chegam as férias de julho que tanto esperei, vamos enfrentar a Fernão Dias rezando para o carro só quebrar depois do meio da estrada, senão voltamos para casa, mas antes temos que visitar uma prima da minha mãe, a única parente que mora em São Paulo, fora o primo de Uberaba e o filho de outra prima dela que quase não vemos porque é padre dominicano e vive no convento, não usa batina, tem barba e tudo, em compensação não me agarra pegajoso feito o Frei amigo do meu pai, que não pode implicar porque ele é um verdadeiro santo, só pensa nos pobres e nem liga para o estado deplorável do seu fusquinha, além de ser muito solitário, sem família nem nada, coitado, minha mãe explica quando vou reclamar do agarramento.

O prédio dessa prima fica em Higienópolis, com a entrada suspensa de curvas entre colunas revestidas de pedra mineira como na piscina do clube e lustres que parecem botão de roupa. Ela tem um Filho-Único grandalhão que me obedece sem protestar, quando não faz o que mando eu ponho de castigo virado para a parede com as mãos para o alto e nem ligo se chora baixinho para ninguém escutar senão fico ainda mais zangada, até que a mãe dele descobre e nós vamos embora pedindo desculpas, sou mandona e quase mato a família de vexame, minha mãe briga e lasca um beliscão para eu deixar de ser metida.

Afinal pegamos a estrada e a perua Opel mi-la-gro-samen-te não quebra nem nada, chegamos em Belorizonte zonzos por causa do remédio que acalma para não atormentarmos meu pai, que pode perder o controle da direção, bater no Fenemê que vem na mão contrária e virarmos uma espécie de pasta de dente, não sobra nem alma para ir para o Céu. Mal começamos a aproveitar as férias e meu irmão pula no estrado de quarar roupa com cheiro de anil que dá vontade de guardar numa caixinha junto com o perfume do biscoito de amendoim da minha avó que não comemos senão acaba, e quebra a perna. Para dar sossego à minha mãe, vou para a casa da minha madrinha bem defronte e ali, junto com minha prima Filha-Única, passo o dia no quintal, não há nada melhor do que espantar as abelhas que não picam e roubar a cera da entrada da colméia, a gente transforma em massinha com cheiro adocicado que dá vontade de comer mas não pode porque tem micróbio e às vezes alguma abelha esmagada que não teve tempo de voar.

Na tarde seguinte vamos ao Cine Pathé, está às moscas porque todo mundo trabalha durante a semana e folga aos domingos, nem o próprio Deus agüentou sete dias fabricando montanha e rios e mares e animais e seres humanos sem um pingo de descanso, Coitado, e como somos crianças, ainda por cima de férias, a mãe da minha prima Filha-Única nos leva para ver um filme que faz chorar e encharca os lenços, a sessão já começou, quase todas as poltronas estão vazias, podemos escolher à vontade, sento na primeira fileira, a tela enorme explode diante dos meus olhos, passo para o meio, tem alguém justo na minha frente tapando a visão, vou para os fundos, a escuridão mete medo, experimento cada um dos assentos até resolver me acomodar no colo da mãe da minha prima, que por ser Única e mimada embirra de ciúmes e saímos antes da fita terminar, sem saber se os gêmeos foram adotados por uma família caridosa ou morreram de velhos no orfanato, coitados.

Na casa da minha madrinha aproveito para esconder entre as raízes do jatobá da calçada uma bolsa de plástico marrom de boneca com sapatinhos, colares e outras preciosidades miúdas e mágicas para eu desenterrar quando ficar bem velha, por volta dos trinta anos. Na hora de dormir minha tia nos manda subir, pôr pijama e rezar, vou atrás da minha prima, paro de repente no meio da escada, paralisada num feitiço, o teto se desprende das paredes como se levantasse vôo, o corrimão derrete e as portas do andar de cima vão se abrindo feito bocas gigantescas, não dá para ver o fundo das gargantas dispostas a me engolir, o vácuo pulsa, tóim, tum, tóim, igual um coração disparado, encolho de medo, não consigo respirar porque descubro que a casa tem alma, sinto uma tontura forte e quase rolo degraus abaixo, não fosse minha prima, que me puxa e me salva de ser devorada viva por portas com dentes terríveis iguais às do país da Alice, a doidinha.

Pego no sono tentando esquecer o susto e o vazio no meio do quarto da minha tia, ele lateja feito ferida invisível, mas bem cedo de manhã entramos na Rural Willys verde e branca junto com galinhas, sementes de milho, adubo, fumo de corda e roupas rasgadas e jecas, passamos por cidades de nomes esquisitos como Lagoa do Jacaré e depois da gruta aonde prometeram um dia nos levar entramos na fazenda pela estrada empoeirada. A paisagem achatada é coberta pela vegetação que se chama cerrado, aqui e ali uma árvore gorda de sombra espeta o céu, mas são um perigo porque atraem raios e torram o gado que se protege debaixo delas durante as tempestades, meu tio explica.

Agora é inverno, período de estiagem, não preciso ter medo de chuva estraga-férias e sim dos carrapatos, que provocam coceiras gostosas, e das cascavéis de chocalhos, que fazem um barulhinho áspero-amarronzado com cheiro de capim seco e são ferozes, dão bote no momento em que menos se espera e a perna vai ficando preta, gangrena e tem que amputar, feito as que vi no Butantã, ao lado dos bebês deformados nos vidros de formol, que não deixa apodrecer e cheirar mal. Antes de entrar na sede passamos pelas casinhas brancas dos colonos, que antigamente eram movimentadas como uma pequena cidade por causa da primeira fábrica com as máquinas trazidas em carro de boi pelos nossos bistataravôs, que hoje moram nos quadros pendurados na sala do casarão onde vamos dormir, há muitos e muitos anos eles desembarcaram no porto, atravessaram a mata a duras penas para instalar ali, no meio de bugres, o futuro e o progresso. O atraso era tão grande e as estradas tão empoeiradas ou lamacentas na chuva que os técnicos ingleses trazidos para montar as máquinas fugiram de volta para a civilização, deixando o avô do meu bisavô a ver navios, apesar de no sertão não ter mar nem praia nem nada, coitado.

No caminho para a casa principal visitamos a capela, que é quase uma igreja, tem sino no alto da torre e lápides espalhadas pelo chão frio com os restos mortais, com o pó dos ossos que sobrou depois dos vermes comerem o que dava para mastigar dos nossos antepassados, com as datas de mil oitocentos e pouco perdidas entre as rachaduras do piso. Das paredes úmidas por causa das janelas sempre fechadas salta um cheiro que me arrepia, ali dentro contato as almas das pessoas enterradas debaixo dos meus pés, por isso vou pulando feito se estivesse jogando amarelinha, é um desrespeito com os mortos pisar em cima deles mesmo se já tiverem apodrecido e virado pó e tudo.

No altar tem uma santa com os braços estendidos como se me chamasse, as pupilas de vidro sem brilho e as roupas de pano manchadas de cocô dos passarinhos, que constroem ninhos nos entalhes de madeira sem o menor respeito pelas imagens, e de fezes dos morcegos, que dão vôos rasantes de dia, porque à noite ajudam o saci a embaraçar a crina dos cavalos. Nos fundos fica o coro com o órgão que não funciona porque ninguém sabia tocar e ele foi se calando até emudecer de vez mas que não se vê direito porque as duas escadas estão roídas por cupim e os degraus afundam quando eu e minha prima tentamos subir. Do lado de fora os chorões e o bambuzal balançam no ventinho da manhã como se dançassem ouvindo uma música invisível tocada pela orquestra de anjos que Deus deixou ali de propósito, para alegrar as almas dos mortos que ainda visitam aquela igrejinha onde descansam por toda a eternidade.

26

Meu tio estaciona a perua na cocheira, ao lado do casarão azul-e-branco, com um terraço que toma toda a frente do segundo andar de janelas e portas largas, naquele tempo as pessoas eram gordas e as mulheres usavam vestidos com muitas anáguas para ficarem rodados feito nos filmes de antigamente. Em cima dessa garagem improvisada estão os quartos de hóspedes, onde acomodavam os comerciantes e convidados menos íntimos, assim não tinha perigo das moças solteiras serem vistas de camisola por estranhos mesmo se fosse grossa e comprida, elas usavam touca para proteger os cabelos, que davam um trabalhão para as escravas pentearem sem puxar nenhum fio, senão doía e elas mandavam prender na senzala debaixo da escada com grades de madeira grossa que não entendo como os escravos não serravam para fugir, através delas vejo o tronco em que eram amarrados para receber chibatadas até espirrar sangue na cara do feitor, olho aquele instrumento de ferro em que prendiam as mãos e os pés juntos, eles não podiam se mexer e muito menos coçar, que sempre dá vontade quando menos pode, coitados. Mesmo espiando de fora, que a porta foi trancada a cadeado, é impressionante o cheiro de medo e raiva que eles deviam sentir jogados nesse poço feito ratos e não como gente com alma e tudo apesar de serem pretos e escravos, que Deus criou todos iguais e para Ele não faz diferença se tem pele escura e cabelo pixaim ou se é loiro de olho azul, apesar de não ter anjo negro no Paraíso, isso eu vi nos livros de catecismo.

Defronte ao sobrado quase tão bonito quanto a mansão da Audrey do *Big Valley*, de colunas brancas que nunca sujam de poeira porque nos Estados Unidos tudo é mais limpo e arrumado, minha mãe diz, aproveito que estão distraídos descarregando a Rural Willys verde e branca e entro na fonte redonda de pedra repleta de peixinhos que transbordam junto com a água da chuvarada e morrem afogados no chão seco. Só de calcinha bato as mãos e as pernas, finjo que estou na piscina imensa que minha tia disse que não vai construir nunca porque fazenda não é clube e eles não têm dinheiro para esses luxos de paulista, raspo os pés no fundo, o lodo bóia na superfície e solta um cheiro de peixe podre que me enjoa, mas não vomito senão minha tia briga que entrei na água sem perguntar porque ela não ia deixar mesmo.

Quando anoitece tremo por causa do frio molhado misturado à lembrança da senzala e dos escravos maltratados feito Cristo, que depois subiu aos Céus para junto do

Deus-Pai e da Pomba Espírito Santo mas os negros ficaram aqui embaixo, até hoje suas almas perambulam arrastando correntes e soltando gemidos que fazem os lobos, que têm ouvidos mais sensíveis que os nossos, uivarem de pavor. Depois comemos frango com farofa na mesa de pedra da sala de almoço e nem toco na comida, meu estômago chacoalha pela confusão de medo encolhido e curiosidade, daí subimos para tomar banho, olho as paredes grossas caiadas de branco e minha imaginação pega fogo, quero saber mil coisas, mas delas não consigo arrancar nada de nada e não posso perguntar à minha tia, que está farta das minhas perguntas sem pé nem cabeça.

Sigo então para a banheira ao lado do bidê arredondado de louça inglesa, lá dentro uma água morninha me espera, sem roupa espero minha prima se enxaguar e sinto uma cócega na barriga, deve ser carrapato, mas no umbigo uma mancha marrom se move rápido e quase desmaio de susto.

— Socorro, uma barata! — Saio espavorida pelos corredores, o coração a mil por causa do bicho medonho, atravesso salões mergulhados no breu e de repente estou sozinha no casarão infestado de almas penadas, paro e escuto um barulho vindo da sala de jantar. Caminho devagar até a porta dupla semi-aberta, espio pela fresta e na mesa para mais de trinta convidados vejo pratos e caldeirões fumegantes, nas cadeiras estão pessoas de todas as idades, inclusive uma criança parecendo anãozinho, os homens têm barba grisalha, as mulheres de coque e pingentes na orelha usam vestidos até os pés e decotes que terminam num broche de camafeu, elas têm o ar envelhecido, até as moças parecem doentes com a pele enrugada e olhar distante.

Sem perceber minha presença continuam comendo em silêncio, o tuc-tuc dos garfos ao tocar o fundo dos pratos ecoa pela sala ampla, daí minha vista sobe para a parede e descubro que os quadros estão vazios, as fotografias despregaram das molduras para comer como se ainda tivessem alma, engulo em seco, eles são meus antepassados, os avós dos avós dos meus avós numa reunião noturna de mortos-vivos iguais aos zumbis de um país que vi na *National Geographic* do meu avô e grudo no chão, torcendo para não ser descoberta, até escutar passos atrás de mim.

— Menina, ficou maluca, andando pelada nesse frio? Quer pegar pneumonia pra dar trabalho?

— Tia, a senhora não sabe o que eu vi... — Tento, mas não consigo apontar para a sala de jantar, os braços ao longo do meu corpo não se movem.

— Eu sei. Já matei a barata! Agora venha tomar seu banho!

— Mas, tia...

— Obedeça, menina! Vamos!

— Primeiro olha lá dentro! — Com esforço empurro a outra folha da porta pesada, que range com um gemido triste, minha tia hesita, vira-se para mim desconfiada, e espia para dentro.

— Ficou doida?

Sem responder crio coragem, com a respiração suspensa para não perturbar o banquete das assombrações, encaro a sala e a mesa que, para minha surpresa, está vazia, com-ple-ta-men-te deserta, volto os olhos para os retratos e revejo todos eles dentro das molduras, como se tivessem retornado ao lugar onde ficarão presos por toda a eternidade. Decepcionada, tento dizer qualquer coisa, mas as palavras não desgrudam da garganta, abro a boca, em vez de frases lanço uma mistura de jantar não digerido e bílis verde-amargo.

Com dor de estômago, tiritando de frio e de febre, procuro esquecer meus ancestrais, mas eles estão ali perto, quem sabe para me revelar segredos do além-túmulo, minha tia passa a mão na minha testa, balança a cabeça e deita ao meu lado na cama de casal.

— Que menina mais impressionável! Tudo isso por causa de um inseto!

Fecho os olhos no aconchego do perfume dos cabelos que ela solta para dormir, uma paz suave me abraça e, para não acordar minha prima num sono solto do outro lado da cama, pergunto baixinho sobre os defuntos que escaparam das molduras para sentar à mesa, ela responde que estou delirando, manda eu dormir e antes de fechar os olhos acho forças para perguntar:

— Tia?...

— Que foi, santo Deus?

— A senhora matou mesmo a barata?

27

Às vezes, em vez de ir para a sede colonial-azulada vamos para a fazenda que minha tia recebeu na partilha e, assim que passa o povoado Lagoa do Jacaré, desço para abrir a porteira depois de bater na minha prima Filha-Única mimada, aqui somos como duas irmãs normais, que brigam o tempo todo porque são irmãs e não amigas. A madeira geme quando eu empurro, a porteira escancara soltando um cheiro de pasto e boi e boi, mas entro de volta na perua por causa dos touros, que espetam com chifre até as tripas pularem para fora e nem vale a pena levar ao hospital mas levam assim mesmo para não sentir culpa se morrer sem ter ao menos tentado.

"Ei, Formiguinha, onde foi parar sua valentia?" Meu tio de dentes ocre-amarelos dá um sorriso largo e levanta para fechar a porteira, da qual escapa um rangido acre de felicidade misturado ao rastro dos pequis, que não dá para comer porque o espinho fura a boca, a gente engasga e morre.

A casa da fazenda da minha tia é mínima comparada com a sede colonial azul-igreja, tem dois quartos, sala com varanda e o escritório onde meu tio guarda a caderneta em que todo santo dia anota o bezerro que nasceu, a vaca que morreu, o que vendeu e quanto ganhou, que sempre é menos do que esperava e mal vai dar para pagar as despesas e o ordenado dos empregados, que moram em casebres de parede escurecida pela fumaça do fogão a lenha.

Sempre acordo cedinho com o mugido das vacas leiteiras, abro a janela para espiar o movimento no curral, é a hora mais gostosa do dia porque o ar ainda não se encheu de ruídos nem de cheiros nem de cores, a manhã parece ficar suspensa no tempo. Passo uma hora assim, admirando o despertar através da minha janela para o mundo, até minha prima Filha-Única levantar e me dar um safanão porque ela também quer ter o direito de olhar o tempo escorrer devagarzinho e sumir por detrás do sol que ofusca a vista.

Tiro o pijama e visto a calça rancheira que minha mãe separou do monte de roupas de dar para os pobres, só a calcinha é nova, as rasgadas viraram pano de limpeza, e calço o

Conga no lugar da bota de couro de cano alto que nos meus sonhos um dia vou ganhar. Depois do café com leite fresquinho que dá dor de barriga, pesco e nado no lago de água empoçada do riacho, que meu tio não é esbanjador para construir piscina, onde já se viu esse luxo no meio da roça, para isso serve o clube e a esquina da casa da minha avó, que vira um piscinão quando a tempestade alaga as ruas, dá para andar de canoa como num rio, pena que em poucas horas o encanto se desfaz e sobra apenas a lama, que deixa nos muros a marca da enchente que se repete a cada verão.

O almoço minha tia mesma prepara, ela não tem empregada, que nunca presta e mais estorva do que ajuda, devoro o arroz com feijão e lingüiça, driblo o soninho molenga e corro para o pasto, onde uma casa de joão-de-barro me chama, venha me buscar, estou grávida de ovinhos que nunca alcançarão as nuvens se você me tirar daqui, mas como minha tia freira garantiu que Deus criou a natureza para nosso desfrute ameaço subir lá em cima até o caseiro pegar a escada de catar manga e abacate nos galhos mais altos e retirar para mim aquela obra de engenharia do pássaro construtor, que coloca a entrada de um modo a nunca pegar sol nem chuva em excesso, se os colonos aprendessem com a esperteza dele não ficavam com o chão enlameado, coitados.

Com cuidado enfio a mão pela abertura engenhosa que protege os filhotes de predadores mas não do ser humano com inteligência para eliminar todos os animais e plantas da face da Terra até serem obrigados a mudar para a Lua ou Marte, que os Americanos desenvolvidos já estão explorando para quando esgotarem os recursos em nosso planeta, retiro três ovos pequenos e delicados como jóias, são menores e mais bonitos que os das pombas no telhado da minha avó, a maior parte dos quais só vejo quando caem espatifados depois de uma tempestade de ventania.

Antes de deitar, deposito meu tesouro sobre o aparador de madeira que arremata o sofá azul-anil da sala que serve para tudo, na roça não tem visita-de-cerimônia, as pessoas vão entrando, ô de casa, a comadre está aí, cadê o compadre, só dá tempo da minha tia tirar o avental, lavar as mãos, ajeitar o cabelo e receber a visita. Mal consigo pregar o olho, a imagem dos ovinhos de casca fina como porcelana não sai do meu pensamento, se pudesse dormia em cima deles feito galinha choca, minha tia ralha, assim acaba ficando doente.

No dia seguinte levanto cedo como de costume mas nem abro a janela para ver a manhã pendurada no tempo, corro descalça para a sala e penso que ainda estou dormindo, pesadelo é assim, a gente quer acordar e não consegue, tudo de pior acontece e você fica presa como mosca na teia de aranha.

— Não liga, Formiguinha, vamos procurar mais ovos de joão-de-barro, eu prometo.

O cheiro do cigarro ocre do meu tio me resgata do pesadelo do mundo do sono para o pesadelo da vida real, esfrego os olhos para ver o desastre dos ovinhos quebrados pelo encosto do sofá, o amarelo da gema brilhando contra o fundo azul-anil, quem teria praticado tamanha maldade?

— Eu falei que a casa está infestada de ratos! — minha tia dá o veredicto, os malditos roedores aproveitaram as trevas da noite para assaltar meu tesouro, eles se escondem entre as molas, vão pagar caro pelo crime, a caçada tem início, não descanso enquanto não chego ao ninho, o deles, não o do pássaro, que nem era ninho e sim uma construção de barro.

— Até roupa de baixo os desgraçados roubaram! — Ela pega com nojo o sutiã roído, que parece com um coador de café, calcinhas e trapos e lenços do meu tio, reconheceu pelo monograma, que não conseguiram destruir.

Espremida num canto entre guinchos e vassouradas, a rata-mãe protege os filhotes, que seriam até engraçadinhos se não virassem monstrengos devoradores de ovos, o ditado sobre ladrão que rouba ladrão ter cem anos de perdão só vale para os humanos, animal não conta, sobretudo se for sujo e feio e malvado feito esta ratazana, que vira uma pasta vermelha no chão de tijolo para sempre tingido com a marca do massacre dos ratinhos bebês, que me recordam os primogênitos que Herodes mandou sacrificar e nem adiantou porque o principal mesmo, Jesus, escapuliu, mas acabou morrendo de forma muito pior, Coitado, teria sofrido bem menos atravessado ainda neném pelo fio da espada de um soldado romano, só que daí não existiria religião, nem crucifixo para pôr nas igrejas nem nada.

Com um nó na boca do estômago revirado pelas imagens amarelas das gemas no azul-anil misturadas ao sangue do chão ocre, sento na minha cadeira favorita no alpendre e dali saio em direção ao paiol, onde meu tio recolhe a palha para fabricar os cigarros que não soltam mais fumaça em rodinhas só para me fazer rir, estou grande demais para bambalonear nos joelhos dele, mas assim mesmo inundam o ar de um cheiro reconfortante que nem cobertor em noite de inverno, e choro baixinho para ninguém reparar, esta é outra desvantagem de crescer, a gente tem que fingir que é forte enquanto todo mundo finge que acredita na gente.

— Venha comigo, Formiguinha, não precisa ficar triste — meu tio fala na voz grave-aguda, estende a mão e me reconduz ao terraço, onde minha prima Filha-Única acaba de ocupar meu assento predileto mas nem brigo nem nada, é o tempo da minha tia dizer que estou doente, não sou de desperdiçar uma oportunidade dessas, e uma gota mancha o chão, ela acode para estancar o sangue que pinga do meu nariz porque não consigo fazer a digestão do rapto dos ovos seguido do assassinato da família de roedores destroçada, adoeço com febre alta e temos que voltar para Belorizonte porque sou uma menina problemática e muito impressionável.

28

Agora que não falo mais Esso Echistra e sim Esso Extra, começo a ler muitos livros, alguns escondido, como *O chapadão do bugre*, que não entendo direito, outros que minha mãe me dá, entre eles *A Moreninha* e *Polyanna*, que apesar de bem triste ensina que mesmo paralítica e aleijada e cega e muda e órfã ainda se pode ser feliz. Na casa de uma amiga olhei Monteiro Lobato e não vi nada errado, mas minha mãe, que é adulta e sabe ler as entrelinhas, garante que é perigoso e não posso arriscar, pois vou fazer primeira comunhão e Deus, que tudo vê, até quando faço xixi ou tomo banho pelada, vai deixar escorrer sangue da minha boca quando eu comungar apesar de não dar nem uma mordida de leve na hóstia nem nada.

Assim mesmo tem uma tentação a que não resisto, o convite para ir ao apartamento de uma colega depois da escola, seria normal não fosse ela filha de mãe desquitada, que mora sozinha com as duas meninas e como se não fosse suficiente trabalha fora e leva uma vida devassa e sem Moral. Desobedeço minha mãe e minha consciência e entro naquele antro de perdição palpitando de curiosidade e de medo, pode ser contagioso feito doença grave, o Capeta nunca descansa.

Caminho pisando em ovos como Jesus fez quando foi à casa da Maria Madalena, mulher de vida fácil que recebia um monte de homem e nem marido tinha, aos poucos o medo vai sumindo e no lugar dele aparece decepção, no ambiente abafado igual ao do apartamento da professora de catecismo não vejo sinal pecaminoso, o tecido ralado no sofá me lembra o nosso, herança antecipada da minha avó e que nunca foi trocado porque não sobra dinheiro, a televisão é parecida com a de casa, faltam lâmpadas nos lustres feiosos, as gravuras amarelam na parede, o tapete está puído e até as revistas são comuns, sem nada indecente ou Imoral.

Sem ação como um detetive que perdeu a pista do crime, sigo até o quarto da mãe e lá está a prova, a cama de casal tem dois travesseiros, agora sorrio sem disfarce, minha amiga chega em silêncio e fico vermelha, ela não percebe minha sem-gracice e confessa que a irmã dela dorme com a mãe desde que o pai foi embora e dali a uns meses, quando derem aumento, ela vai trocar por duas camas de solteiro, e num susto entendo que dependem do ordenado da mãe, que tem emprego por pura necessidade e não por ser Imoral e querer roubar os maridos das mulheres que ficam em casa cuidando dos filhos, coitada. Saio com o estômago embrulhado, não por algo que vi, mas por pensar mal da mãe dela, que faz das tripas coração para dar o melhor para os filhos, igualzinho a meu pai e minha mãe, que não são desquitados nem nada.

Já é tarde da noite e não consigo pregar o olho, agora não por medo de ladrão ou por causa dos pernilongos, a visita à casa da minha amiga me enche de dúvidas, que se somam a outras bem mais antigas, é um choque descobrir que a mãe dela pode ser desquitada sem ser Imoral e trabalhar fora por pura precisão, igual às empregadas domésticas forçadas a deixar os filhos nas mãos do deus-dará para trazer comida e roupa velha para a família que o Senhor lhes deu sem querer saber se pediram ou não, muitas foram até largadas pelos maridos e nem por isso são Imorais ou sem compostura, senão minha mãe não deixava entrar na nossa casa, que é má influência.

Remexo na cama, o sono não vem e me pergunto por que Deus, que é onipotente e tudo pode, criou o Bom e o Ruim, o Moral e o Imoral. Se é justo e sábio, como pôs na Terra aqueles pretinhos encardidos, feios e doentes, com meleca no nariz e moscas-varejeiras no buraco imundo e fedorento no arraial perto da fazenda da minha tia, e ao mesmo tempo caprichou na Audrey do *Big Valley*, linda, loira, alta, inteligente, de olhos azuis combinando com a blusa justa e saia-calça feita no alfaiate mais chique do Oeste para montar no puro-sangue sem perder a elegância, as botas compridas até os joelhos, morando numa mansão impecável de colunas brancas naquela fazenda imensa nos Estados Unidos, onde até os índios falam inglês perfeito, os sortudos.

Acho que Ele podia, ao menos, fazer gente média como eu, que, apesar de ser a mais baixinha da classe, ter cabelos pretos lisos e olhos castanho-escuros, falar português e usar vestidos que minha mãe reforma para mim e para minha irmã e não ter nenhuma bota até os joelhos porque são caras, nem usar aparelho nos meus dentes retos, não sou burra e moro numa casa que tem closet. Se Ele é onisciente e sabe tudo sobre nós, não devia me deixar cair em tentação, minha liberdade de escolha, que é o livre-arbítrio que o catecismo ensinou, não funciona direito se o que vou fazer já estava nas Escrituras Sagradas, que reúnem passado, presente e futuro, e quando decido fazer isso em vez daquilo na verdade estou fazendo e-xa-ta-mente o que já era previsto nos textos invisíveis que Ele guarda a sete chaves lá no Céu. Essas e outras questões escondo dentro de mim, a professora de catecismo fica tonta quando desando a fazer pergunta, se continuar assim acabo perdendo a Fé e condenada ao Inferno, que é para a Eternidade, de lá não tem escapatória, ela avisa.

Minha primeira comunhão está próxima, como quero ir para o Céu quando morrer, evito ouvir rádio nas sextas-feiras, mas não consigo deixar de cantarolar as músicas da Jovem Guarda, que são uma brasa, mora, rogo a Deus que afaste de mim todas as dúvidas, afundo no travesseiro e diante de mim aparecem anjinhos pretos de cabelo pixaim, pelados mas sem pipi, todo mundo sabe que anjo não tem sexo, eles sobrevoam o trono do Senhor e nele em vez do homem barbudo senta-se uma mulher de pele escura, ela veste saia-calça arrematada por um cinto de fivela prateada que ilumina os bicos dos peitos pontudos que aparecem debaixo da blusa transparente sem sutiã...

29

No grande dia, o maior da vida fora o do casamento, acordo com uma ponta de enjôo, não tomo café por causa do jejum para comungar no Corpo do Senhor, igual quando vou fazer exame de sangue, a diferença é que esperneio quando furam meu braço e agora apenas tremo de leve com vontade de vomitar, mesmo sem nada no estômago.

Visto a túnica branca que desce até os pés, penduro o crucifixo de madeira no pescoço, calço os sapatos claros de verniz que apertam mas não é nada comparado às dores de Cristo ao ser crucificado, e pego o véu fininho que dança como um lençol no varal, se colocar agora amassa antes de chegar à capela e o que Nosso Senhor vai pensar se me vê amarrotada justo hoje, quando pela primeira vez vou receber o Corpo do Seu Filho, que Ele sacrificou para nos salvar, amém.

Entro no Opel como uma rainha, até meus irmãos me olham com inveja e nem brigam para ficar na janela, e no caminho, para afugentar o medo de morder a hóstia e inundar a igreja de sangue, penso no Frei, que não vai poder me apertar no abraço colante por causa da minha roupa impecável, tem que respeitar Deus, de quem é representante aqui na Terra, embora superior a nós aos olhos de Jesus não passa de um humilde servidor, minha professora de catecismo explicou.

De repente paramos, acho que meu pai leu meu pensamento, vou levar uma bronca, em vez disso ele abre as portas, manda a gente descer e aponta um bicho-preguiça atravessando a rua na maior calma do mundo, as patas movem-se em câmara lenta, talvez busque um amigo no outro lado do Parque Trianon sem se dar conta da ameaça dos carros, este teve sorte, meu pai sempre diminui no sinal amarelo e nunca arrisca um sinal verde até esperar ficar vermelho, para ele a preferencial é sempre dos outros, até nas maiores avenidas diminui nos cruzamentos, se buzinam, manda passar por cima e nem se ofende se os motoristas fominhas que vão enfartar aos trinta anos nos xingam de domingueiros, fosse outro ao volante e a criatura já estava esmagada no chão que nem nos desenhos animados, coitada.

Num minuto continuamos viagem, aperto o missal com capa de madrepérola presente da minha madrinha, estou aliviada porque Deus vai me proteger contra mordida fatal na hóstia, o bicho-preguiça foi um sinal, um presente do Céu no dia mais importante da minha vida depois do dia do casamento e talvez do batizado, a tontura desaparece por milagre, o mal-estar vai embora junto com o pavor e entro quase levitando na igrejinha, mais um triz e começo a voar até os santos que enfeitam as frisas lá em cima, ainda bem que não tenho asas feito anjinho de procissão...

De olhos fechados inspiro o incenso que sai dos vasos dourados com furos que o coroinha balança de um lado para outro espalhando fumaça pelo ar, ele tem o nome de turíbulo, que sempre esqueço, mesmo sem asas me acho em Ouro Preto com roupa de anjo numa fila de gente cantando que a estrela-d'alva no céu desponta enquanto as pastorinhas, para o consolo da Lua, vão dizendo na rua lindos versos de amor, junto com outras crianças fantasiadas como eu, os anjos de verdade são invisíveis e só vemos no dia da nossa morte, amém. Com minha mãe sento na murada do hotel, a única construção moderna da cidade, foi erguido antes da lei proibindo prédios que não combinassem com o estilo colonial ou barroco típico dali igual à pedra-sabão, que não faz espuma mas serve para moldar caixinhas, panelas e uma porção de enfeites que tenho no meu quarto, além de peças maiores, imitações de fonte que custam os olhos da cara e minha mãe não compra, não somos milionários nem turista estrangeiro que paga em dólar, o dinheiro Americano bem mais forte que o nosso, e lá de cima nós duas admiramos a procissão, a coisa mais bonita que já vi na vida.

Como é bem cedo de manhãzinha, encolho gelada na túnica fina demais nesta cidade de presépio, não posso vestir agasalho em cima das asas que estraga, mesmo se pudesse não vestia, quem já viu anjo de casaco por aí, todo mundo sabe que nem frio eles sentem e calor também não, me emociono com a figura de Cristo caminhando para a cruz, Ele anda sobre os paralelepípedos forrados pelos moradores que passaram semanas misturando papel picado, pó de café e serragem para formar aquela estrada linda, dói pensar que será destruída num piscar de olhos embora aqueles sejam os pés do Senhor mesmo que de mentirinha, para Deus as intenções é que valem apesar do Inferno estar cheio delas.

Respiro a umidade que chega com o orvalho fresco, quando um cutucão no ombro faz minhas recordações evaporarem, num instante estou de volta à capela da primeira comunhão, todos os olhares estão concentrados em mim, devagar deixo o banquinho e me aproximo da mão com a hóstia sagrada, não tremo nem temo, só abro a boca e engulo o Corpo de Cristo com gostinho do biju estalando de fresco que meu pai compra no farol.

Recebo parabéns do Frei, que me olha diferente, acabei de subir um degrau para mais perto de Jesus, que vai me receber de braços abertos quando eu morrer velha ou jovem num acidente fatal, que ninguém está livre, minha mãe sempre diz. Por isso aproveito ao máximo as atenções voltadas para mim, distribuo os santinhos que meu pai mandou imprimir es-pe-ci-al-men-te para esta data, e na hora de voltar para casa o Frei me levanta do chão e sinto os músculos por debaixo das vestes de franciscano, o cheiro de suor do pescoço dele e o bafo de quem passou horas sem comer nada feito santo, que não tem dessas necessidades inferiores dos seres humanos como eu, que bebo um copo de Crush e devoro dois sanduíches de atum com maionese para quebrar o longo jejum.

O carro parte e nem ligo para ficar junto à janela, que meus irmãos deixam para mim no dia mais importante da minha vida, encolho num canto segurando o estômago que dói, o suor do Frei se confunde com o incenso, com o perfume dos cânticos, das velas e do pó de café nas ruas enfeitadas de Ouro Preto na Paixão, tudo isso com gosto de Crush, maionese e atum, fora o adocicado do Corpo de Nosso Senhor que, apesar de feito do seu Sangue e da sua Carne, não parece bife de alcatra, nem de fígado, que sou obrigada a comer, o carro sacode, a paisagem vibra em riscos luminosos, a barriga borbulha enquanto meu pai encosta o Opel na rua, hoje é domingo e não precisa estacionar na garagem.

Mal consigo saltar do carro, tropeço no meio-fio e vomito uma pasta nojenta, nela não distingo os restos do Corpo de Cristo, tem hora que não dá para separar o joio do trigo, arregalo a vista para minha mãe, que sacode inconsolável a cabeça, nem se virar freira e passar o resto da vida ajudando os pobres conseguirei absolvição, Pecado Mortal fica ainda mais grave se cometido no dia da primeira comunhão, entro em casa derrotada, subo para o quarto, sem tirar a roupa deito na cama em cima da colcha limpinha, as lágrimas rolam e soluço de raiva de mim, digna do Inferno por não conseguir manter Deus no estômago tempo suficiente para ser digerido pela alma, a herege!

30

Não demora e vem o castigo, a cavalo, ofensa como a minha requer punição tamanho-família, como resultado a TV portátil verde e prática que pode ser carregada da sala para o quarto, onde assisto *Rim-Tim-Tim* no maior conforto, só não entra na cozinha senão engordura, era só o que faltava, uma mordomia dessas para empregada, a televisãozinha simplesmente desaparece apesar do meu pai ter pago por ela os olhos da cara. Sobrou a TV grande, mas a pequena que eu adorava sumiu sem deixar vestígios depois do domingo em que fomos tomar sol na praia do Gonzaga e comer frango com farofa junto com os primos pelo lado do meu pai que buscamos em Cubatão, não é todo dia que têm chance de sair daquele fim de mundo com cheiro verde-mofo formando nuvens grossas que não deixam o sol atravessar, apesar de inteligente meu tio não estudou, não aprendeu o suficiente para entrar na faculdade e por isso ganha uma ninharia comparado com o talento que tem para invenções incríveis, sistema de fiação pendurada em balões de gás que dispensa poste na rua, que só serve para carro desgovernado bater, bicicleta sem roda, Romiseta conversível, bambolê movido a pilha, sistema elétrico para balançar o berço, acalma o filho e descansa a mãe, Vemaguete com capota, carrinho de rolimã de borracha, telefone que liga na televisão e conversa direto com os artistas, cada projeto tão brilhante que até arrepia mas custa caro demais desenvolver e ele não consegue empréstimo como no caso da fórmula do jabá sintético do professor Bartolomeu Guimarães da *Família Trapo*, que ninguém dá o mínimo valor, coitado. Isso ele vai contando enquanto escreve meu nome de um jeito lindo, uma letra enfiada na outra, sempre de cores diferentes, o desenho mais bonito que já vi, por isso quando crescer e for rica apesar de mulher, prometo dar montanhas de dinheiro para ele e nós dois vamos virar trilionários e sócios da Light para deixar as luzes acesas o dia inteiro, compro uma casa para meus primos sem esse cheiro de cinza molhada, e aí quero ver falarem mal do meu tio, que passa a mão na minha cabeça, ensaia um sorriso para fingir que está feliz, mas no fundo dos olhos dele enxergo uma tristeza que aperta feito sapato novo e dá vontade de chorar.

Minha mãe acha um absurdo meu pai gastar tanto dinheiro com a família dele, nenhum dos irmãos se formou nem nada, por isso ele sustenta todo mundo, inclusive os maridos boas-vidas, ela provoca e ele nem liga, concluiu o grupo escolar graças à minha tia de Ouro Preto, que mora numa casa infestada de escorpiões que adoro sair catando até minha mãe arrancar os cabelos porque não existe remédio para esse tipo de picada, nem dá para chegar no hospital, vai inchando, fica preto e morre no caminho mesmo. Agora meu pai se sente na obrigação de retribuir, meu avô morreu de desgosto quando ele tinha cinco anos, não agüentou o baque de perder tudo da noite para o dia, eram ricos de Light, ficaram pobres de marré, minha avó mimada, que fez birra para casar na hora H de véu e grinalda, só obedeceu porque meu bisavô ameaçou com a cinta, se viu na miséria com uma dívida de trezentos e sessenta contos numa época em que um Ford zero custava seis contos de réis e sem nenhuma profissão para-se-um-dia-tivesse-a-fatalidade-de-ter-que-trabalhar, como teve, coitada, não fosse o apoio dessa tia, meu pai explica pela enésima vez, nem teria conseguido pagar os estudos que fez no maior esforço, minha mãe não tem idéia do significado disso, nasceu em berço de ouro e foi uma das primeiras moças da cidade a dirigir, nem precisou pedir para meu avô pagar, tinha talão de cheques e dividendos das ações que ainda hoje valem uma fortuna e vão ficar para mim quando ela morrer.

Como essa avó não tem uma casa confortável feito a da mãe da minha mãe, com sala de estar e de visitas-de-cerimônia sempre trancada, nunca passamos férias com ela, que não é gorda como todas as avós do mundo e sim magrela de bigode fininho em cima do lábio que fico olhando em vez de prestar atenção nos versos que ela declama emocionada, porque é poeta e escreve bonito como uma deusa, cada palavra rimando com a próxima, amor com dor, saudade com idade, se tivesse mais estudo era capaz de entrar para a Academia Brasileira de Letras, meu pai fala todo vaidoso.

Antes de subir a serra que dói no ouvido vamos tomar lanche no apartamento de uma amiga do meu pai e da minha mãe, que é servido na mesa onde tem um lugar vazio com prato, garfo, faca e até guardanapo de pano enfiado na argola prateada, fica reservado para o marido que morreu mas ela não se conforma e faz tudo como se ele ainda vivesse, troca a toalha de banho, manda engraxar os sapatos e escova os paletós pendurados no armário, apesar das roupas serem muito novas para dar para os pobres é um desperdício com tanta gente necessitada, isso minha mãe comenta baixinho quando ela vai buscar leite quente porque mandou a empregada embora, imagine que a moça teve o atrevimento de ficar pelada na área de serviço se exibindo para o marido da vizinha, se o síndico não avisasse ninguém descobriria, uma pessoa tão prestativa e asseada que dava gosto, quando a esmola é muita o santo desconfia...

Eu também não me conformo, não porque alguém morreu e não quero aceitar, mas porque levaram nossa televisãozinha, só consigo pensar nisso, minha mãe diz que estou com idéia fixa, pior do que mania de querer usar aparelho, de nada servem minhas promessas a Policena Barbosa, nem Ela pode contrariar um castigo baixado por Deus de próprio punho, me retorço de culpa, meus irmãos e eu reabrimos a temporada de brigas para ver quem escolhe o programa e a melhor cadeira na hora de assistir televisão. Se Nosso Senhor foi o cérebro mandante, alguém teve que agir na Terra e roubar o aparelho, todo mundo sabe que Ele não ia se dar o trabalho de baixar aqui para sumir com objetos sem mais nem menos, por isso minha mãe faz uma lista de suspeitos para meu pai, que nem pode chamar a radiopatrulha, a casa não foi arrombada e ainda por cima não tem Nota Fiscal, comprou do contrabandista e no fim quem acabava preso era ele, coitado. Além de tudo os guardas têm mais o que fazer do que investigar uma besteira dessas, ele emenda, mas não consigo imaginar nada mais importante do que encontrar quem roubou nossa televisão portátil verde e não preta e feia e ultrapassada como as TVs de todo mundo. Assim espero minha mãe se distrair, abro a cesta dela e pego a lista com os possíveis ladrões escrita na sua letrinha miúda e fácil de ler, diferente da do meu pai, que é parecida com a dos médicos, garranchuda de propósito para não levarem a fama se o doente morrer de remédio errado.

Fico apavorada ao ler nome de gente conhecida, ladrão para mim era criatura que mora no caixa-prego e só aparece nas casas de família para roubar e depois escapulir de volta para os cafundós-do-judas, aonde nem a polícia consegue ir, eles não têm cara e muito menos sobrenome, são uns pobres coitados esquecidos de Deus que vivem em Pecado Mortal e vão para o Inferno porque cometeram muitas maldades, foram abandonados pelas mães pois já nasceram para virar bandidos.

Em segredo, bolo um plano infalível para recuperar nossa televisãozinha que o amigo do alheio surrupiou, e em vez de pular o muro para cair escondido na piscina, quando a água azul-clara brilhante e irresistível nos convida, era até falta de juízo não fazer isso num domingo ensolarado, resolvo tocar a campainha da academia vizinha, que tem um nome francês que se pronuncia diferente do que se escreve. Demora para atenderem e só não desisto porque vida de detetive é assim mesmo, afinal surge o zelador e eu minto com a maior cara lavada que a bola caiu no quintal, minha idéia é pedir para fazer xixi no banheiro dos fundos, aproveitar que a mulher dele saiu e vasculhar cada cantinho até encontrar a bendita. Só que ele me segura pela mão, estranho, estou careca de conhecer o caminho, sou puxada para dentro do ginásio e longe da piscina e reclamo, mas ele tira do bolso um pacote de dropes de tangerina e não resisto à tentação, é meu sabor preferido, subimos o lance de escada e do primeiro andar vejo a quadra deserta e esquisita sem os gritos e os tóins-tóins que escuto do quarto no outro lado do muro.

O zelador então vem por detrás, me agarra e põe no colo, sou empurrada contra a parede, ele firma minhas pernas entre as dele, me aperta grudento como o Frei amigo do meu pai, só que em vez do corpo molenga sinto uma coisa dura cutucando minha barriga, a mão avança por debaixo da minha saia e a boca dele roça meu pescoço, que fica babado de cuspe e dá vontade de vomitar, daí lambe minha cara e enfia a língua no meu ouvido, que tampa como se tivesse entrado água e tem que pingar álcool para evaporar senão dá dor de ouvido, febre e chateação para minha mãe, coitada.

Com um baita esforço me desprego, volto ao assunto da bola, mas ele passa a mão na minha coxa e enfia dentro da calcinha, esperneio e grito, ele tapa minha boca e eu mordo com tanta vontade que dói e por um segundo ele me larga, consigo escapulir, desabo escadas abaixo em direção ao portão, se não me deixar ir embora conto pra minha mãe, se abrir a boca vai ver o que te acontece, ele responde e me puxa para dentro de novo quando eu mando devolver a televisão.

— Está maluca, menina?

— Você roubou lá de casa, confessa!

Ele olha para mim e não diz palavra, aproveito para me soltar outra vez e ameaço chamar a radiopatrulha, ele treme mas logo dá uma risadinha, diz que sou safada e me propõe um trato, finjo que nem vim aqui ou vou ter que engolir uma coisa e, em vez dos dropes Dulcora enroladinhos um a um, ele abre a braguilha fazendo saltar para fora um troço pontudo e avermelhado e gordo que dá o maior nojo, pela minha cara percebe que já concordei, ele destranca o portão e saio voando para casa, corro até o banheiro e vomito dentro da privada.

Minha mãe pergunta se vi fantasma, não respondo, só despejo o café-da-manhã e o resto do jantar de ontem, os jatos voltam a cada lembrança daquele negócio do zelador, é diferente do dos meus irmãos, o deles é menor, não tem pêlos e fica pendurado que nem minhoca morta ou boiando na água da banheira, também não é igual ao do meu pai, que nunca vi mas tenho certeza que não é tão feio e grosso e asqueroso como o do vizinho.

Como não consigo fazer a digestão na minha cabeça, o médico manda dar uma injeção que arde até na alma, mas nem reclamo, a dor na barriga só é menor do que a que sinto num ponto entre o peito e a garganta e faz as lágrimas rolarem quando penso na televisãozinha portátil verde e linda e prática que me recorda a bola, a piscina azulada de anil refletindo as janelas do ginásio deserto, onde o zelador de cabelo desgrenhado me aperta contra a parede até eu sentir na barriga uma pontada dura e forte e fedorenta, se Deus é onipresente, onipotente, onisciente e tudo, não sei por que fabricou aquele treco horroroso, para fazer xixi bastava um cano fininho, a não ser que o homem tenha uma doença grave que incha os membros como vi numa revista médica, coitado.

Pior do que enjoar sempre que me volta aquela memória é não poder contar a ninguém, menos ainda para minha mãe, que me daria umas boas chineladas seguidas de beliscões justo agora que as manchas estão quase sumindo, quem mandou ir no vizinho, bem feito para eu aprender, agora entendo o motivo dela não nos deixar ir na piscina aos domingos, não é possível se relacionar com gente de nível inferior ao nosso, e desta vez estaria coberta de razão.

31

Quando feirantes vêm lá de longe com frutas e melancia e mexerica toda quinta, criança não pode sair sozinha, foi uma mão-de-obra criar até agora, é um desperdício se um filho sumir sem mais nem menos. Mas como hoje não tem barraca que infesta as ruas de cheiro de peixe morto e verdura passada do ponto, com a recomendação de não aceitar balas nem conversar com estranhos, vou até a padaria sem perigo de ser roubada pelos ciganos, que levam embora e nunca mais devolvem, usam como escravos, minha mãe sabe casos de sobra.

A cidade está inundada de sol, dá para sentir na pele a alegria dos raios amarelo-brilhantes que contornam os objetos como papel de presente, abro o portãozinho do corredor lateral e pego hortelã, que junto no chiclete mastigado para ficar com sabor de novo e economizar o outro para depois. O frescor sobe pela garganta e foge pelo nariz, fico zonza de calafrio, que deve ser Pecado, o de tutti frutti não dá isso, daí o vizinho do lado grita para mim, mas como está com o radinho de pilha nas alturas, além da mente pouco desenvolvida ele é meio surdo, não escuto o que diz. Ele me chama com as mãos, deve ser algo urgente, enfio o resto das folhas no bolso e corro para a rua.

"O Kennedy morreu!"

Paro feito se tivesse levado um soco, abro a boca para fazer uma pergunta, mas, antes de conseguir pronunciar uma sílaba, ele corta:

"Mataram o Kennedy! Ele foi assassinado!!!"

O vizinho de raciocínio lento passa a dar os detalhes do caso, confunde nomes e datas, e eu fico sem ação enquanto ele derrama frases que não registro de tanta pena do presidente dos Americanos, que tinha uma família tão linda e exemplar, um homem sem nenhum defeito, o que será de nós agora que o Chefe Supremo do lugar mais importante do universo morreu?

Mal entro em casa e ouço minha mãe no telefone na maior nervosia, por detrás dos óculos de gatinho de sair que agora usa em casa porque o outro está no conserto vejo lágrimas que ela não esconde, ninguém se envergonha de chorar pela morte do Grande Líder e camarada de caráter, como escuto meu pai dizer sobre o presidente assassinado dos Americanos, o hortelã invade minha garganta e escorre pelos olhos temperado com sal e alho que roubo do armário mofado embaixo da pia da cozinha.

Tremo ao abrir as revistas com fotos do carro de Dallas ensangüentado e do enterro mostrando os dois filhinhos pequenos, coitados, agora não têm mais um pai para ajeitar as cobertas, levar embora o penico nem matar os pernilongos no quarto deles na Casa Branca, que ele nunca matava mesmo porque os Americanos acabaram com os insetos e inclusive com as baratas graças a um Detefon especial inventado pelos cientistas de lá, muito mais adiantados do que aqui, onde nem cientista tem direito.

Todos acompanham as notícias na maior tristeza, mas com esperança de que arranjem outro marido ultradecente como a viúva dele nunca mais vai arrumar igual, por isso ela aparece enxugando as lágrimas nas fotografias na maior classe, toda de preto, com chapéu e colar de pérola, sabendo que o planeta inteiro está de olho nela, meu pai observa na maior admiração e eu também.

Fico tão aflita com o que vai nos acontecer que saio do banho sem roupa, entro no quarto do meu irmão só de calcinhas, mas ele está com um amigo e vai contar para minha mãe, ela esquece que a Terra toda está de luto pela morte do Kennedy e me enche de beliscões, porque o chinelo ficou lá embaixo e ela está muito Cansada para ir buscar. Na hora de dormir, aliso meus braços doloridos de manchas, que nunca dá tempo de clarear, quero só ver o que minha mãe vai sentir se eles gangrenarem e precisar cortar fora feito os pés e mãos dos leprosos da época de Jesus, mas logo penso na dor do Kennedy ao receber o tiro e agradeço minha sorte de não ser o presidente dos Americanos para morrer daquele jeito horrível, e apenas levar tapas, chineladas, cintadas ou beliscões que podem até marcar mas a gente não morre nem nada.

32

Meu pai chega do escritório assoviando, dá um beijo na minha mãe porque ficou o dia inteiro fora de casa, mas depois do jantar, quando o cansaço vai trombando com as reclamações dos filhos, que só trazem aborrecimento, ele fica irritado e começa a lembrar os defeitos dela, que a esta altura está Cansada, apesar de não ter uma profissão passou o tempo todo Ocupada, e os dois começam a brigar todo santo dia à mesma hora, como se tivessem combinado, menos quando vão ao cinema senão atrasa, já basta o quanto minha mãe leva para se vestir, imagine se ainda tivessem que acabar a briga, o filme terminava antes de saírem de casa. Meu irmão mais velho senta no topo da escada pedindo para eles pararem, meu pai grita que estão apenas discutindo, mas o bigode dele tremelica e sabemos que estão brigando feito eu e minha irmã, que não gostamos uma da outra, temos que nos aturar porque somos irmãs e é pecado ter raiva de irmã mas eu tenho assim mesmo.

É raro mas às vezes acontece do meu pai elogiar minha mãe, ela teve uma educação de sala e cozinha, apesar de nascida em berço de ouro não é cheia de vontades e ajuda a economizar cada tostão, desfaz as roupas dela que caíram de moda e reforma para mim, para minha irmã e até para meu irmãozinho, que às vezes ganha shorts de flor mas é pequeno para entender disso e levamos uma bela surra se explicarmos. Quando meu pai fala que minha mãe é uma mulher de peso e medida, que pega no batente e faz com que ele sinta um orgulho danado, ela fica com os olhos brilhando, se tivesse asas saía voando feito anjo ou passarinho mesmo, só que no fim ele se esquece disso e eles voltam a brigar com hora marcada.

Como estou mais próxima de Deus do que antes da primeira comunhão, devo ser paciente com meus irmãos menores semipagãos, só receberam o batismo, se morrerem agora ninguém garante que vão para o Céu sem pelo menos uma passagem pelo Purgatório. Por isso penso três vezes antes de tascar um beliscão na minha irmã, que abusa da minha boa vontade esgotada pelo menorzinho, de quem cuido como se tivesse saído da minha barriga, minha mãe não queria mas por ser católica-apostólica-romana se resignou e vai carregar aquela coroa de espinhos pelo resto da vida, filho dá um trabalhão e nunca pode desligar nem pôr no congelador para ter sossego, é uma tourada sem fim.

Rodo feito barata tonta, depois do sumiço da televisãozinha parece que a vida perdeu a graça, a morte do Kennedy foi um sinal, o mundo está caindo aos pedaços, a gente é roubado dentro de casa e no país mais desenvolvido do planeta o presidente, de quem tem guarda de montão tomando conta, não pode dar nem uma voltinha que leva tiro e morre, cada vez menos entendo os desígnios de Deus, embora eles sejam insondáveis, fico encafifada e tento conversar com minha mãe, mas ela manda esperar meu pai porque está muito Ocupada, o mesmo respondeu quando eu quis saber para onde vão os brinquedos perdidos, eles somem mas não desaparecem da face da Terra, talvez fiquem guardados num canto secreto para serem reencontrados na hora da nossa morte, amém, imagino a emoção de rever aquela boneca careca mesmo se já estiver enrugada e muxibenta, eu, não a boneca, e enquanto isso aproveito que meu irmão foi ao clube e faço uma boa limpeza nas gavetas dele, estão abarrotadas de cacarecos, que junta sem pensar, não fosse eu, coitado, ele nunca encontrava nada naquela bagunça, onde vejo o aparelho esquecido e rapidinho coloco para falar chiado, é melhor que papel-alumínio preso pelo chiclete grudado no céu da boca para fingir até minha mãe descobrir e mandar cuspir, que assim acabo estragando os dentes e precisando de aparelho, que é o que eu mais desejaria na vida mas ela não.

Jogo no lixo pedras que esfarelam, também dispenso as figurinhas repetidas, se tivesse que trocar na escola já teria trocado há um tempão, três peças de dominó soltas, tampas de Coca-Cola, que a promoção acabou, selos amassados do álbum onde ele encaixa numa fita branca, se colar perde o valor e não serve para vender aos amigos, para quem ele mostra as páginas que não me deixa ver mas um dia peguei na gaveta em cima da revista indecente de mulher pelada e levei para minha mãe, que deu uma surra nele, ficar vendo essas coisas é pecado e não pode.

Vão para o cesto caixas de fósforos, criança não fuma, quatro cartões-postais com um urso do Yellowstone Park guardo comigo, um dia vou passear nos mesmos lugares onde meu pai e minha mãe moraram quando meu irmão tinha um ano e filmaram tudo para os filhos admirarem o progresso dos Americanos ouvindo o plec-plec-plec do projetor que solta fumaça quando emperra e queima a película, deixando marca nos fotogramas, o nome de cada uma das imagens que, juntas, dão a sensação de movimento e enganam o cérebro, incapaz de acompanhar a velocidade da fita mesmo muda e em preto-e-branco.

De repente paro a arrumação, não sei o que fazer da medalhinha enferrujada, não pode ser jogada fora, é pecado, mesmo os objetos sagrados estragam, o problema é que não existe um depósito de santos estropiados, gravuras de anjos de asas amarrotadas, Nossas Senhoras de manto descascado, nem de crucifixos com Cristo de braço amputado feito aquelas estátuas gregas boas para o lixo e não para enfear museu como vi uma vez na *National Geographic* do meu avô. É outra pergunta para minha professora de catecismo, se ela não fosse achar esquisito eu mexer na gaveta do meu irmão, não sou bicho-carpinteiro, quem deu ordem de fuçar onde não é chamada? Mais essa dúvida vem se juntar às outras na minha cabeça até o dia em que explodir de tão entupida e lançar pelos ares pontos de interrogação gigantescos com um baita estrondo de granada de *Combate!*, meu seriado de guerra predileto.

33

Na volta da escola vejo um carro de polícia defronte da minha casa e paraliso de susto, agora não tem erro, entrou ladrão e roubou tudo, daí reparo numa ambulância e suspiro de alívio, é só alguém machucado, com certeza gravemente, para doença simples basta chamar o médico, dou então graças a Deus que não arrombaram nem levaram nossas coisas.

Na sala meu pai conversa com o Frei na maior aflição, por isso ele não me agarra nem aperta nem nada, minha mãe deu uma trombada, quebrou o braço e o nariz, já estão sendo consertados no hospital, pior foi meu irmão, bateu a boca no painel de aço do Opel, um colosso feito para durar a vida inteira, mas como é menino e pensa em tudo, em vez de choramingar, procura pelo automóvel ensangüentado os quatro dentes da frente perdidos, acha todos menos um, enfia no bolso e vai para o dentista, que odeio, sempre acha cárie que dói para obturar, mas por outro lado furou de graça minha orelha, meu irmão passa o resto do dia e a noite fazendo reimplantação como vi num filme quando pregaram o braço cortado fora pela hélice de um helicóptero, todo mundo sabe que tem que abaixar para entrar nele mas vira e mexe um ator esquece e o personagem tem o crânio fatiado, aí nem compensa, mão ou dedo ainda tem esperança, cérebro não, assim mesmo eles tentam para depois não sentirem remorso se morrer e a família souber que nem tentaram.

Durmo com o sapato Spinelli do lado da cama, só de pensar que ele poderia ter sido roubado me dá vontade de vomitar, mas como foi só um acidente de carro acordo no meio da noite para admirar os mocassins bordô de couro e desenho italiano, custaram os olhos da cara, de tanto pedir pelo-amor-de-deus ganhei de aniversário, o cheiro cor de vinho importado me enche de felicidade. Ponho e tiro dos pés umas cinqüenta vezes, não vou usar nem para ir à missa, que estraga, a sola já tem marcas de sujeira, cuspo e passo papel higiênico e não papel Yes, que minha mãe nunca compra, mesmo sendo um legítimo Spinelli. No dia em que morrer serei enterrada com o verniz deles faiscando no caixão, de tanto brilho quase matam de inveja os anjos, que andam descalços porque as nuvens são macias e limpinhas apesar de frias e geladas e úmidas mas não tem problema porque criatura do Paraíso não pega febre, nem resfriado, nem dor de garganta nem nada. De tanto amolar Nosso Senhor, eles ganham pares iguaizinhos aos meus e até sobem a barra da túnica para se exibirem aos santos, e quando a gente olha para o céu nem imagina que está lotado de anjinhos caminhando para lá e para cá de Spinellis legítimos com perfume de verniz importado da Itália e cor do vinho que o padre bebe na missa, por ser de sangue de Cristo ele não fica bêbado nem tonto. Até Deus se admira com a maciez e a beleza dos calçados, mas como não pode cair em tentação, tem que servir de exemplo para a humanidade, vai passar o resto dos séculos olhando os dedões dos pés, lamentando seu destino de Todo-Poderoso, que obriga a tamanho suplício, Coitado.

No finzinho da tarde meu irmão chega com o rosto inchado, conseguiram recolocar todos os dentes definitivos menos um, sumido no carro, que se não fosse feito para durar a vida inteira teria amassado e o prejuízo seria incalculável, meu pai diz ao meu irmão que nunca mais ele vai disputar competição de nado, que perdeu apenas para o campeão sul-americano, se alguém sem querer ou de caso pensado dá uma cotovelada, os dentes caem da gengiva mole por causa do trauma e escangalha o trabalhão do dentista, que de tão dedicado nem foi para casa jantar.

Meu irmão chora de fome, só pode tomar sopa, que odeia, e de canudinho, se morde algo duro arruína a obra de engenharia do dentista, um indivíduo de ouro que está com câncer incurável na corcunda de tanto ficar debruçado em cima dos pacientes, vai deixar quatro crianças para a viúva criar sozinha, nenhum cidadão em sã consciência casa com uma mulher com uma penca de filhos e mesmo se arrumasse alguém não seria tão sensacional como este, que trabalha como se estivesse gozando de plena saúde e nem fosse morrer de câncer incurável dentro de alguns meses, coitado.

Com dó do meu irmão meio banguela, meu pai troca dinheiro e dá uns dólares para ele comprar no contrabandista uma Lee que todos os amigos têm menos ele, que ainda recebe de troco chicletes compridos enrolados em papel prateado ótimo para pôr na boca imitando aparelho de dentes, a capa é amarela ou verde, dependendo do sabor, não fazem bola mas têm gostinho de novidade importada, e eu divido cada um em quatro pedaços para durar mais, e assim meu irmão se consola de não participar dos campeonatos de natação no clube onde a gente torcia para ver quem pegava a taça que ele ganhava em cima do pódio, no qual nunca mais vai pisar por causa dos dentes reimplantados que depois de um tempo começam a amolecer e dois acabam caindo apesar do sacrifício e dedicação do dentista.

Por sorte, Deus fica com pena do meu irmão e em vez de dar outra Lee colabora com um milagre e, no dia em que meu pai vai à oficina ver se o carro está sendo bem cuidado pelos mecânicos, ele tem a brilhante idéia de dar uma última olhada e traça uma linha imaginária do painel afundado pela boca do meu irmão até o lugar para o qual a mão de Deus guia, o cinzeiro, onde por ser muito óbvio ninguém tinha lembrado de procurar.

"Que sorte!", meu pai exclama feliz da vida, pois lá dentro, entre os tocos de cigarro da minha mãe, está o último dente caído que faltava. Ele então voa para a escola, fala com a diretora, que manda buscar meu irmão, e os dois correm de táxi para o dentista, ônibus demora e meu irmão passa mais horas no dentista, que é bom aproveitar o máximo antes que ele morra, ainda bem que meu pai nem tinha pago a fatura, assim faz o pacote inteiro com um abatimento no preço final, e meu irmão retoma o regime de sucos e sopas-que-ele-odeia mas Deus retribui fazendo o dente grudar na gengiva mesmo tendo passado um mês da trombada.

Dali a pouco o dentista morre, meu pai e minha mãe vão ao enterro, imploro para ir mas eles não deixam, se impressiono com qualquer coisinha à-toa, imagine então se visse morto ao vivo, ia passar um mês com dor de garganta e dar trabalho redobrado para minha mãe, justo agora que tirou o gesso e tem mais o que fazer, basta a peleja com meu irmão de dente postiço, que por isso talvez nem arrume mulher quando crescer, nem se case nem nada, tudo por culpa dela, que não se perdoa, essa provação de Deus dói mais nela do que nele, minha mãe repete mas ninguém acredita.

34

Chego na classe e começo a copiar da lousa a lição de casa para amanhã, é a primeira tarefa que dão para ninguém inventar desculpa esfarrapada, tipo o sinal tocou bem na horinha, todos sabem que só vai soar às três e meia, ainda tem chão até o recreio e mais ainda para a saída. Para meu espanto, mal termino o cabeçalho e me chamam na diretoria, tremo inteira, não fiz nada errado, aliás nem daria tempo, largo o lápis sobre o caderno aberto e saio com os olhos da classe inteira voltados para mim como se fosse uma assassina, quando querem acham pêlo em casca de ovo igual meu pai, que arranja motivo para bater mesmo sem a gente ter a menor noção do porquê está apanhando, adulto tem antenas de ler o futuro, se não aprontamos não faz mal, leva uma surra para adiantar o expediente, fica na contabilidade para uma tolice ou outra que mais cedo ou mais tarde faremos.

Só que, em vez de bronca, a diretora avisa para eu pegar o material que vou embora, não compreendo o que possa ter havido de tão importante para ser levada assim, só uns segundinhos e termino de copiar o dever, é pena largar algo pela metade, dá uma sensação esquisita que cutuca feito os espinhos da coroa de Jesus, depois vem nota vermelha e meu pai acha ruim, obrigação de criança é ser o melhor da classe, do contrário fica medíocre como os irmãos da minha mãe, ele diz.

Emburrada entro no carro, devem ter uma boa razão para esta afobação, espero que alguém tenha morrido ou no mínimo se ferido gravemente, não é aconselhável deixar de lado as obrigações do dia-a-dia sem justificativa bem grande, meu pai repete sem parar.

"Vim pegar vocês por causa da revolução", minha mãe afinal explica, mas eu continuo sem entender, ela liga no *Repórter Esso*, fica nervosa e gira o botão até a voz desaparecer. "Eu perguntei e a diretora respondeu que, se fosse ela, diante da situação, levava os filhos embora", minha mãe continua, mas nas ruas ao redor não vejo nada de anormal, por que não pude ao menos copiar a lição?

Vou para o quarto chateada, minha mãe telefona para meu pai, eles ficam cochichando, apuro o ouvido e escuto que agora, graças a Deus, estamos livres do comunismo, não imagino o que seja mas deve ser para lá de sério, senão não teriam me tirado da classe, revejo o caderno em branco e não me agüento, uns minutinhos a mais não atrapalhariam, tento desviar o pensamento mas aquilo remói na cabeça, a revolução vira uma pedrinha na meia que machuca e incomoda, dali não vai sair boa coisa, pau que nasce torto nunca mais endireita.

Outra prova de que algo estava errado desde o começo é que dali a uns tempos fico sem minha pulseira de chapinha e o anel de rubi, a primeira ganhei quando nasci, o anel foi presente da minha tia de Belorizonte, que acabei dando para a campanha do Ouro para o Bem do Brasil que o Chateaubriand inventou para salvar a pátria, pois depois da construção de Brasília tudo ficou pior, minha tia que-se-arrependeu-de-casar-mas-daí-era-tarde-demais comentou que o país se comparava a um doente grave, comprava antibióticos ou torrava numa roupa caríssima, o que o JK preferiu transferindo a capital para o meio do mato, foram gastos rios e rios de dinheiro para erguer os palácios e edifícios e repartições desenhados pelo arquiteto que faz monumentos lindos de se ver de fora mas horríveis e calorentos de se viver lá dentro, sem falar na roubalheira do pessoal levando tijolo e pedra de avião, agora o doente está nas últimas, por isso a contribuição de todos é tão importante, se cada um colaborar com um pouquinho no final junta uma dinheirama.

Entro na fila explodindo de orgulho, seguro nas mãos

suadas as preciosidades que vou depositar na urna junto com um pingente da minha mãe, três correntinhas quebradas e uma abotoadura que perdeu o par, meu pai também está emocionado, isso se chama patriotismo, vivemos um momento histórico do qual sempre vamos recordar, é formidável como até gente pobre contribui, às vezes tiram a própria aliança ou um brinco baratinho da orelha, são de baixo quilate mas a intenção é que vale, as pérolas ou pedras preciosas os organizadores depois vendem separado para arrecadar uns cobres, esse Chateaubriand é um camarada fora de série, está de parabéns pela idéia brilhante, além de ajudar a nação permite que mesmo pessoas humildes se sintam importantes, meu pai comenta e eu concordo, porque costumo visitar a casa amarelo-colonial com um gigantesco viveiro de beija-flores que ele, generoso, colocou no gramado da frente para o povo admirar sem ter de pagar ingresso nem nada.

À noite deito com o sentimento do dever cumprido, fecho os olhos e vejo a montanha de ouro crescer até alcançar o tamanho do Everest, por ser a mais alta do mundo só pode ficar nos Estados Unidos, ao lado empilham-se os diamantes e safiras separadas do metal como na caverna do Ali Babá, mas quando lembro do rubi meu coração aperta e espreme o patriotismo para fora, levanto e ponho a aliança ganha em troca da doação, é larga e dança no meu dedo, se não pensaram nas crianças quando fizeram a campanha não tínhamos obrigação de colaborar, com pena de mim penso em São Francisco, sem bens materiais e nem ligava, era tão rico e milionário que podia ter sido não sócio mas dono da Light se na época dele tivesse luz elétrica, abandonou tudo para viver na pobreza só com a roupa do corpo, mas não consigo me consolar porque ele é santo e eu não, sem consultar as horas corro para o quarto da minha mãe e esmurro a porta, ela acorda espavorida e põe a mão na minha testa.

— Eieiêêêê...

— Não estou doente, mãe.

— Que aconteceu então?

— Eu quero meu anel de rubi e minha pulseira de volta.

— Larga de falar bobagem e torne a dormir.

— Amanhã a senhora pede pro Chateaubriand, pede?

— Você tem que se conformar, não adianta chorar sobre o leite derramado — ela diz, fechando a porta na minha cara, mas não me conformo e choro assim mesmo.

35

Desperto com um gosto amargo na boca, passo o dia encafifada, estranho ainda mais quando minha mãe chama para uma reunião, isso é para adulto e ainda por cima homem que trabalha fora em vez de ficar em casa desperdiçando as habilidades. Sentamos em torno da mesa da sala de jantar e não na copa, o que atiça ainda mais minha curiosidade, e com calma, algo raro na minha mãe sempre Cansada porque vive muito Ocupada, conta que vamos receber um hóspede especial, parente da minha tia que-ia-morrer-depois-de-ter-um-filho-retardado mas não morreu nem teve filho anormal nem nada mas está com um sobrinho para ser operado do coração em São Paulo, coitado. Ele tem a minha idade e pode morrer a qualquer minuto, a única esperança é a cirurgia, se não der certo o menino morre do mesmo jeito, mas pelo menos a família não vai se sentir culpada como se sentiria se ele tivesse um treco de uma hora para outra. Vão passar uns três meses em casa, nós temos que cooperar com ela, que vai ficar pajeando a irmã da minha tia, senão ela volta para Belorizonte falando cobras e lagartos de nós e isso é a última coisa que minha mãe deseja neste mundo.

Mesmo não sendo rico nem milionário o sobrinho da minha tia vem de avião e não de carro, a viagem pela Fernão Dias esburacada é comprida e se o coitado sentir mal morre sem ter a chance de usar as últimas esperanças. Quando ele chega espio por detrás da porta, não é todo dia que hospedamos um doente que-vai-ser-operado-do-coração-e-quem-sabe-morrer, alguém com um pé na cova e outro na vida, e antes de cair no sono garanto que ele sua de medo como eu de acordar no caixão até a alma despregar do corpo cinco horas depois, pode demorar até mais, varia conforme a pessoa, não conheço ninguém que tenha voltado para tirar a dúvida, o certo é que ficamos ali durante um tempo que parece uma eternidade sem conseguir berrar de pavor pelas cordas vocais devoradas pelos vermes enquanto Deus, sem um pingo de pressa senão erra na tabuada e tem que recomeçar, examina nossa contabilidade com os anjos-assistentes para descobrir para onde nos manda, cada boa ação soma um ponto positivo, missa e terços rezados não valem, são obrigatórios, já os pecados, depende, se forem mortais tanto pior, esse turbilhão de idéias passa diante de mim feito no cinema, mas vejo apenas um menino igual a qualquer um de nós e aposto que os adultos estão inventando histórias, está na cara que ele não vai morrer nem nada.

Como tem que ficar no quarto porque cansa à toa, no quintal machuca e perde a oportunidade de usar a última esperança, decido mostrar a ele minha coleção de decalques e de plásticos de grudar no vidro, eles soltam um cheiro de tesouro como meu jogo de pratos, jarra, copos em miniatura e as panelinhas de ferro onde cozinho arroz em cima de dois tijolos com fogo embaixo, não tem o sabor do saído do fogão da nossa empregada mas, embora meio cru, sem sal nem tempero, fica com um gostinho crocante de faz-de-conta que ofereço para ele mastigar até o fim, é a comida ideal para quem vai operar como o último recurso para não morrer, levo junto minha vira-lata de estimação de nome Laika em homenagem à cadela do meu irmão atropelada, mas ela acaba escapulindo e nós dois corremos atrás, ela dá voltas pelo quintal e quando agarramos a danadinha o menino põe a mão no peito, fica branco que nem assombração, cai fazendo um barulho fofo, tenta respirar e não consegue. Eu paraliso de susto, se ele morrer agora vai ser culpa minha, Deus me castiga se antes minha mãe não acabar comigo por ter matado o filho da irmã da minha tia, que vai esparramar para Belorizonte inteiro que eu assassinei o menino antes dele ter a chance de usar a última esperança, coitado. Só que a cachorra chega perto, dá uma cheirada e late dentro do ouvido do menino, que revira os olhos e por milagre retoma a respiração que nem motor de carro quando engasga e pega de novo, daí eu o levo de volta para o quarto de onde nunca devia ter saído, ajoelho e recito quinze Ave-Marias-que-estais-no-Céu para a alma da cachorra do meu irmão, lá de cima ela mandou a minha salvar o menino, se bicho não tem alma nem vai para o Céu como aprendi no catecismo, depois de hoje passo a acreditar que até os animais têm algum tipo de espírito e vão para um céu feito só para os seres que não têm alma, por isso também rezo pela Laika original que a Rússia mandou para o espaço num foguete e nunca mais voltou, coitada, os russos não acreditam em Nosso Senhor e nem ligam se é pecado praticamente mortal largar criatura de Deus à míngua, mesmo se ela estiver lá em cima pertinho Dele e tudo.

No dia da operação o garoto vai cedinho para o hospital, cirurgia é sempre de madrugada, criança nunca adoece no horário comercial, só em domingo e feriado, quando é impossível encontrar médico em casa, filho é assim mesmo, não tem um pingo de consideração pelos pais, mesmo exaustos e tudo são obrigados a levar no Salão da Criança, aonde minha mãe jurou de pés juntos nunca mais ir, preferia outro parto a enfrentar aquela amolação, que deixa grisalha antes do tempo, apesar dela não ter nenhum fiapo branco porque tinge, eu sei. De qualquer jeito Deus me ouve e o garoto aproveita a última chance e sai do hospital são e salvo, só com um corte do pescoço ao umbigo para se exibir no clube, porque não tem praia em Belorizonte, ele fica igual aos caubóis, que colecionam marcas das flechadas dos apaches, que são inferiores aos mocinhos mesmo sendo índios Americanos e por isso morreram todos.

Minha mãe diz que o menino terá que levar uma vida calma e que talvez nem arrume mulher e filho, que só dão contrariedade, mas em compensação vai poder ter namoradas de montão, porque é homem e ninguém acha Imoral, todos vão compreender, afinal ele não tem nem família nem nada, coitado. Assim mesmo me revolto contra a injustiça de Deus, que não fez ninguém com defeito visível na nossa família para mostrar na missa como a menina que ficou cega aos poucos, a cabeça amassada do meu pai não conta, a burrice da minha irmã é comum em irmã mais nova, meu irmão mais velho colocou dentes postiços que percebemos apenas quando ele tira e corre atrás da gente para dar nojo, ele usa cinta de borracha na hérnia, fica dentro da cueca e só Deus enxerga, não sou débil mental como minha mãe pensava, agora tiro sempre nota 10, no mínimo 9, apesar de não ter nascido homem. Pena que minha mãe não tomou pelo menos um pedaço do comprimido da vizinha, não inteiro, porque daí meu irmãozinho virava monstro, morria e não ia poder exibir aos domingos, mas só uma pontinha para ter alguma conseqüência que a gente pudesse ostentar na igreja e todos os fiéis se voltassem penalizados, o menorzinho nasceu defeituoso mas eles aceitam na maior resignação, é uma família exemplar, dá até gosto, eu queria olhar a cara de inveja da menina cega quando visse a cena, se ela não fosse cega e pudesse ver alguma coisa, bem feito.

36

A costureira portuguesa chega cedo, talvez de madrugada, quando acordo escuto o ziguezaguear da Singer, a Necchi italiana minha mãe não deixa os outros usarem. Uma vez por semana ela ajuda a reformar as roupas antigas, que detesto porque são estampadas e coloridas, o que mais adoraria era ter tubinhos lisos e sem flores como o sonho aveludado do Holiday on Ice no Ginásio do Ibirapuera, apesar do ingresso salgado minha mãe me leva todo ano, das últimas fileiras, que é mais em conta, assisto ao show dos patinadores, que deslizam mal tocando o gelo, sobre as malhas coladas ao corpo vestem uns panos leves e transparentes que dançam com a música, dão piruetas e saltos, esquecidos de que não podem mais voar, na verdade são anjos cujas asas Deus cortou para eles não fugirem de volta para o Céu feito as araras da fazenda da minha tia e por isso nunca perdem o equilíbrio, não envelhecem nem morrem nem nada.

A costureira também coloca remendos no cotovelo da japona e nos joelhos das calças do meu irmão, não dá para jogar fora por um furinho de nada, as do meu pai não precisa, são de tergal, um tecido que senta-levanta, senta-levanta, não amassa nem perde o vinco, cirze as meias num ovo de madeira prático que não deixa espetar o dedo e troca o elástico das calcinhas que ainda dão para o gasto. Ela é gorducha, de bochechas vermelhas, um fiozinho de bigode em cima do lábio, cabelos presos na trança sobre a cabeça, olhinhos miúdos que azulam por detrás dos óculos redondos e orelhas de abano espichadas pelos brincos de ouro pesados. Ela fala numa língua parecida com a nossa mas ao mesmo tempo diferente e engraçada, porque ela veio diretamente da Madeira, que é uma ilha e não uma floresta, apesar da mulher ser cópia-carbono de um duende fêmea que vi num livro na garagem, só falta o gorro pontudo.

Quando consigo entender o que ela diz, depois de dois meses, fico perguntando sobre onde nasceu até minha mãe brigar que estou empatando o serviço e assim ela não vai fazer a metade do que precisa. Logo que minha mãe se distrai, corro de novo para perto da costureira, porque enquanto ela fala do país dela vejo na minha frente as páginas coloridas da *National Geographic* do meu avô, cheias de longes e de animais que não tem em nenhum lugar do mundo, só na revista. Como minha mãe vai passar o dia fora, grudo na mulher, que por acaso descobre o armário com as roupas de dar para os pobres e pergunta se quero vender algumas enquanto tira da bolsa um bolo de notas e fico me perguntando por que trabalha se é tão rica assim. Ela leva uma trouxinha toda semana para minha mãe não notar, e quando acaba o estoque faço uma limpeza nas minhas roupas e nas da minha irmã, sempre tem alguma meio velha, e mesmo nova serve porque é pecado se apegar a bens materiais, depois avanço no armário do meu irmão, da minha mãe e do meu pai, que tem gravatas de montão e nem vai sentir diferença, apesar de que pobre não usa gravata e mendigo muito menos. Penso que poderíamos ser Comunistas como meu primo de uma só camisa que a mãe lava e passa de madrugada, ou então igual a São Francisco, com duas mudas de roupa, assim eu garantia nossa entrada no Céu e ainda ganhava dinheiro até ficar rica feito a costureira.

Minha mãe comenta com a vizinha sobre o sumiço das coisas, finjo não escutar, corro para o quarto, abro o gavetão do closet e tiro a lata de bolachas recheada de trocados que solta um cheiro santificado de esmola que recolhem na missa, que nunca vou contar porque mulher não vira padre nem coroinha mas fingir pode, pego na copa o coador de café, que encho para ficar parecido com o da igreja, depois torno a alisar as notas feito padre ou coroinha mesmo sendo mulher. Ajoelho, faço o sinal-da-cruz em agradecimento a Deus pelas esmolas recebidas, volto a esconder a lata e ponho o coador no lugar sem ninguém ver. Só que minha mãe esperta e habilidosa e tudo, se fosse homem virava dentista ou médico-cirurgião-famoso, tem uma conversa séria com a costureira, que conta o segredo e levo beliscões exemplares acompanhados de chineladas porque se ela bater direto machuca e pode até quebrar a unha, coitada, uma vez perdeu as estribeiras com meu irmão e jurou usar a inteligência em vez das mãos, daí me obriga a devolver o dinheiro, é falta de caridade vender roupa de dar para os pobres e pior ainda negociar as novas, agora ela vai doar de esmola na igreja, mas esquece e acaba usando para pagar a diária da costureira.

Depois dos beliscões da minha mãe, chega a vez do próprio Deus cobrar pelo meu pecado, e dali a uns dias, ao abrir a gaveta onde guardei os casacos de tricô feitos sob encomenda pela minha outra única prima que mora em São Paulo, são duas malhas lindas, azul-piscina e bege, que nunca usei e vou economizar o máximo, reviro tudo e não encontro nada. Berro por minha mãe, que voa escada acima e quase me dá uma surra de tanto susto, um dia ainda vai enfartar e aí vamos ver o que é bom para a tosse, mas ela nem me bate porque fica cismada com o desaparecimento dos pulôveres de buclê, custaram os olhos da cara, a prima dela que tricota para fora à mão e não à máquina como a outra que mora num apartamento na rua Augusta e ajuda a sustentar a família com as encomendas não cobrou mais barato nem fez desconto por ser parente, e saímos procurando pela casa afora porque roupa não tem pé para andar sozinha por aí, ela diz.

Quando minha mãe esgota as esperanças de encontrar as malhas, tem uma conversa séria com a passadeira, que não confessa o roubo mas é mandada embora assim mesmo. No dia seguinte o compacto duplo do Festival da Canção com a banda-que-passa-cantando-coisas-de-amor no lado A e boiadeiro-já-fui-rei no lado B para ouvir na vitrola azul-portátil que parece sonho, é só ligar e ela vai soltando música até daqueles discos transparentes de plástico que tocam como que por milagre, eu descubro que ele sumiu. Ajoelho diante do oratório da saleta, rezo para Policena Barbosa, mas ela deve estar muito Ocupada que nem minha mãe e não me escuta, aí fico sabendo que a amiga do rodízio me procurou ontem no meu quarto e foi embora sem falar comigo. Vou então ligando os pontos e tenho uma idéia de gênio. Espero a menina do rodízio sair para uma aula particular, aperto a campainha da casa dela e invento que preciso buscar umas roupas minhas. Subo tremendo e suando sem ter corrido nem nada, abro a gaveta e, num milagre mágico da Policena Barbosa, que afinal atende minhas preces, vejo o compacto e as blusas, levo para minha mãe, que se arrepende e vai se desculpar com a passadeira dispensada. À noite meu pai chega e explica que a menina do rodízio é cleptomaníaca, como se chama quem rouba sem precisar, diferente de ladrão, que rouba para ter o que não tem, por isso minha mãe desconfiou da empregada pobre, que se roubar vira ladra e não cleptomaníaca como minha ex-amiga, coitada.

37

— Pai, o que é Comunista?

Ele está entrando em casa, mas, antes de acabar de chegar, sapeco a pergunta que passei a tarde ruminando enquanto arrumava minhas gavetas feito bicho-carpinteiro depois da operação de salvamento das blusas, que ainda trouxe a passadeira agradecida de volta. O rosto do meu pai fica vermelho, as extremidades do bigode tremelicam e me protejo contra um tabefe sempre melhor que beliscão roxo, que demora a sumir, mas ele não desce o braço como eu esperava, só pergunta quem inventou essa história, se não tenho nada de útil para fazer em vez de arrumar sarna para me coçar.

— Nossa! Que custa o senhor responder, hein?

— Isso não é matéria que te interessa! E não fale assim comigo!

Ele vira as costas, ponho o rabo entre as pernas e espero outra oportunidade, não é justo ficar com aquilo feito coceira, nem é pecado perguntar, a não ser que comunista seja muito errado, só que ao subir um degrau da escada de onde meu irmãozinho despencou e quase virou anjo para tocar harpa do lado do Nosso Senhor, que ama em dobro as criancinhas que morrem inocentes, ele suspira e, de olhos baixos, porque o assunto é proibido e as paredes têm ouvidos, esclarece:

— Comunista é quem acha que todo mundo nasceu igual... — ele tropeça nas palavras —, é ateu que não acredita no direito de escolha do homem, nem na liberdade, nem nada, acha que pode contrariar Deus, que criou cada ser diferente do outro, pobre ou rico se subir na vida como eu.

Meu pai faz uma pausa, está estourando de indignação, treme da cabeça aos pés, nisso minha mãe passa por perto, escuta a conversa e comenta que dias atrás explicou para a passadeira que lá na Rússia não tem a mínima liberdade, ela não teria o direito de opinar sobre a casa onde trabalhar, era mandada pelo governo para o lugar que eles achassem melhor e ponto final.

— E não pode escolher profissão, eles chegam e dizem se vai ser engenheiro, médico ou varredor de rua, não interessa se tem capacidade para aquilo, se é inteligente ou analfabeto, a não ser que seja amigo dos manda-chuvas...

— Mas para pobre sem dinheiro não é bom? — Fico surpresa ao ouvir o som que saiu dos meus lábios feito se o Capeta em carne e osso falasse pela minha boca.

— Ei, ie, iê... — minha mãe balança a cabeça. E meu pai estala a língua de ódio:

— Nunca diga um absurdo desses! Onde já se viu? Esse tipo de idéia combina com esquerdista e não com quem acabou de fazer primeira comunhão!

Antes que eu responda meu pai resolve contar tudo, tintim por tintim. Ele diz que num governo comunista a empregada nunca poderia ir ao restaurante ou ao clube, só aonde o governo permitisse. Aqui no Brasil graças a Deus ela é livre para ir aonde quiser, só não vai porque não tem dinheiro para pagar, mas não porque o governo não deixa. Na Rússia é um atraso de vida. Ele encara minha mãe com aquele olhar fulminante de vingança contra a família dela quatrocentona, bela porcaria, um bando de sovinas, bem que desconfiou quando minha madrinha encomendou meu enxoval de bebê na modista mais chique de Belorizonte, logo depois mandaria a fatura, custou um mês de ordenado e ai dele se reclamasse, iam fofocar pela cidade toda que estava com a corda no pescoço, coitado, na opinião do meu pai só minha avó se salva, uma mulher de classe, penteada de cabeleireiro mesmo dentro de casa, que sabe oferecer banquetes com categoria, apesar de no final servir café no bule de alumínio para estragar toda a pompa e a circunstância, ele diz, além de falida a família dela tem montes de histórias escandalosas debaixo das aparências, que nunca ouvi mas sempre soube que existiram.

— Comunista bem de vida é seu sobrinho com duas camisas do tecido mais caro que sua irmã lava toda noite e passa de madrugada para ele usar no dia seguinte!

Minha mãe não liga, está acostumada, engole a provocação porque vai ser pior se falarem do filho da prima dela de Belorizonte, um rapaz meio desajustado de cabelo comprido, foi um alívio quando ele resolveu ser padre dominicano, mas foi um alívio passageiro, em vez de entrar na linha virou Comunista, minha mãe morre de pena da prima sem sorte com o filho para quem esperava um futuro normal só que ele desandou, coitado, e agora nem adianta rezar.

Reforçando seu ponto de vista meu pai empurra para mim um cartaz com fotos sob o título de PROCURADOS, mas não são caubóis inimigos da lei do Velho Oeste e sim TERRORISTAS PERIGOSOS, um choque gelado percorre meu corpo, para ver melhor puxo o papel com pena antecipada das mães que pelejaram com filhos que lutam contra o governo e pela dissolução da família, que é pecado, marido e mulher ficam juntos até que a morte os separe, mesmo se viverem de mal a pior como minha tia que queria separar mas minha avó proibiu, ele não tem o mesmo nível, ela fez greve de fome, meu avô virou uma fúria, não se case que depois não há remédio, é beber cada dia como se fosse um copo de fel. Minha mãe conta que aquelas moças vivem em pecado mortal com os namorados e ainda por cima tomam um remédio que não deixa ganhar neném nem se Deus quiser muito, é um desrespeito com Ele, que escreve certo por linhas tortas, não pode ter a vontade contrariada por comprimido para evitar um filho que a pessoa não queria mas Deus deu assim mesmo.

Vai ver os pais não educaram direito, deixavam ler qualquer livro e andar em má companhia, bobagem filho aprende rapidinho, minha mãe fala, e por isso nem ligaram para a tourada que foi criá-los, o dinheirão que gastaram à toa com escola, clube, roupa e professor de catecismo, que decerto nem tiveram, assim se deixam influenciar pelos que pretendem inundar o mundo de casais divorciados e famílias desfeitas e sem Moral. Com raiva, vou rasgar o papel e paro, em vez de monstros enxergo apenas jovens comuns de cabelo na moda, roupas normais e o jeito de qualquer um que passa pela rua batendo a sola do sapato na calçada, toc, toc, toc...

Durmo com o coração apertado e sonho com as moças e rapazes sem Moral que decepcionaram os pais, abandonaram faculdade e amigos para lutar contra o governo e dissolver os lares e separar os casais e fazer um monte de gente virar inocente útil, que não sei o que significa mas coisa boa não há de ser. Aos poucos eles vão despregando do cartaz e caminham para mim, as mãos sujas de sangue e o rosto contorcido feito Jesus Cristo crucificado, eles sussurram dores que não entendo, vão chegando perto e aí escuto seus pedidos de socorro, cada um grita pela mãe e ela tapa os ouvidos, o sangue respinga dos corpos machucados cobertos de cicatrizes e eles me encaram, despem as roupas rasgadas até ficarem pelados e sobem, um a um, nas cruzes fincadas no monte Gólgota, onde martirizavam os rebeldes palestinos que apoiavam Cristo contra o domínio romano, minha professora nunca ensinou mas descobri sozinha num livro de história. Ali pregados com bons e maus ladrões, nem daria para diferenciar não fosse o penteado das moças armados de laquê, eles varrem com a vista o mundo a seus pés varados pelo prego que na época era cravo e enferrujava num piscar de olhos, nem precisava morrer de sede e fome, a própria infecção matava por falta de antibiótico, que não tinham inventado ainda, coitados, e acima das cabeças coroadas de espinhos, no lugar do INRI inscrito na placa de Cristo, leio "Fulano de tal, Salvador da Pátria".

Acordo de madrugada, a testa febril e o estômago revirado, corro para o banheiro e nem chamo meu pai para segurar minha testa em cima da privada para vomitar, ele ia brigar comigo, que sou muito impressionável, mexer com comunista é isso que dá, bem feito...

38

Conto os losangos e quadrados, eles se juntam para formar o retângulo chamado janela, seria ela isso mesmo se tivesse outro nome? Pronuncio ja-ne-la, já nela, já-ne-la, depois de uns instantes soa gozado feito disco riscado, repetitivo e gasto, mas faiscante na estranheza de sons e letras que unidas dentro do cérebro representam uma coisa em especial, a janela do meu quarto, tão insignificante e parte do mundo como uma gota do oceano, que é única e ao mesmo tempo ligada ao próprio oceano, é assim que funciona, meu pai diz e mostra a peça de ferro que ilustra como uma engrenagem puxa a outra, mas no meu estado febril a janela se desprende do batente e se funde com o cômodo em torno de mim até não sobrar espaço para eu respirar, por que as palavras pulsam desse jeito, como se tivessem vida? É outra pergunta sem resposta, meu pai está pelas tampas com minhas questões sem pé nem cabeça, minha mãe tem razão ao achar que sofro de problema mental.

Naquela tarde entro em casa vinda da escola e antes de berrar oi escuto a voz do meu pai e me espanto, ele não costuma chegar cedo, algum imprevisto aconteceu, por isso grudo o ouvido na porta, mando minha irmã calar a boca para não perder uma sílaba, ela é pequena e ainda não sabe como os adultos escondem assuntos graves, é preciso esperteza para descobrir tudo antes deles decidirem contar, eles nos enganam enquanto podem, e daí às vezes fica tarde demais.

— Já expliquei que tomei as precauções necessárias... — a voz vem de um barbudo que a custo distingo sentado na ponta da cadeira como quem faz menção de sair ou não gosta de estar ali. Nunca o vi antes, deve ser um conhecido do meu pai, mas pela resposta dele fico intrigada.

— Nessa situação, é um atrevimento. Até provar que focinho de porco não é tomada...

— Sossega, tio...

— Não sossego. De jeito nenhum. E pare de me chamar de tio!

Tremo sem querer no esconderijo improvisado, pelo tom meu pai está por um fio, dá quase para ver a ponta do bigode tremelicar, eles terminam a conversa, o final não é dos mais felizes.

— Não fale dessa maneira! — é a voz da minha mãe atiçando minha curiosidade.

— Aqui é minha casa, falo do modo que entender!

— Mas ele é filho da minha prima e somos os únicos parentes que tem aqui!

Ela está à beira do choro, isso nunca comove meu pai, pelo contrário, as lágrimas dela sempre põem lenha na fogueira da raiva dele.

— Pois que vá lamber sabão!

— Calma, gente...

O pobre do rapaz parece perdido no meio da confusão que ele próprio criou.

— Quem é você para pedir calma? Que sujeitinho impertinente!

— Mas, tio... quer dizer...

— Já pensou que está colocando minha família em risco? Que podem entrar aqui e nos prender só porque estamos conversando com um subversivo?

Ele tenta responder, mas meu pai, agora furioso, corta com um grito:

— Eu sou to-tal-men-te contra esses bandos de comunistas, vocês querem é acabar com a estabilidade do país. Apóio a Revolução e não vou ouvir conversa fiada de esquerdista que não tem um pingo de consideração pelos militares que estão salvando o Brasil!

Ele faz como quem vai subir as escadas e, nos primeiros degraus, vira-se para o moço mudo mas agora também vermelho de raiva.

— Volte para aquele antro de padres boas-vidas, que nunca pegaram no batente. E faça-me o favor de não pôr mais os pés aqui, nem mencionar nossos nomes para quem quer que seja!

Ouço os passos do meu pai na passadeira da escada e suspendo a respiração para pegar o finalzinho, minha mãe fala baixo e a princípio só escuto palavras incompreensíveis, depois ela tira da cesta de vime uma caderneta que abre em determinada página e mostra para o rapaz.

— Aqui está o endereço.

— Tia, nem sei...

— Anote. — Ela passa para ele uma Bic destampada. — Sua mãe é como uma irmã para mim. Faria o mesmo se estivesse no meu lugar.

— Mas o tio...

— Ah, tudo bem... E conte comigo se quiser ajuda...

— Tem certeza que não vai criar problema?

— Não se preocupe. Agora vá embora. Vá, antes que ele volte.

O rapaz dá um beijo constrangido na testa dela, desajeitado enfia o pedaço de papel no bolso das calças, ele não usa batina nem nada, deve pertencer a essas ordens modernas que só pensam nos pobres e em besteira, meu pai diz, ele deixa a sala e antes minha mãe ainda ergue a voz acima do normal e pede para ele mandar notícias sempre que puder. Gelo ao pensar que ela está desafiando meu pai e pondo a vida de todos nós em perigo, mas aí o rapaz dá uma parada quando me vê. Os olhos dele são molengas e caídos pelos cantos, como uma memória antiga que trago dentro de mim num ponto indefinido entre o peito e a barriga. Ele tem cabelos encaracolados, parece anjo barroco crescido ou a imagem de Cristo nas gravuras do missal.

Sem pronunciar uma sílaba ele olha direto na minha alma, em seguida suspira e dá uns passos para fora. Engulo em seco e faço um esforço danado para dizer alguma coisa, mas é como se estivesse presa num daqueles pesadelos em que a gente não consegue gritar por socorro nem arredar pé. Por fim uma voz esganiçada, que nem parece minha, desgruda da garganta. Pergunto quem ele é, dizendo o nome sai correndo feito se fosse pegar o bonde ou tirar o pai da forca, vou atrás disfarçando e por entre a folhagem o vejo entrar no fusca placa 246928, as três sílabas do nome dele ficam zumbindo no meu cérebro até as peças se encaixarem, descubro que é o filho da prima da minha mãe, aquele rapaz esquisito, cabeludo e desleixado que virou padre Comunista, coitado.

39

Deus faz tudo de propósito, nunca leio jornal a não ser aos domingos, e assim mesmo só o suplemento infantil, próprio para criança não ficar impressionada com os crimes dos ladrões que matam a família inteira deixando poças de sangue que esfregam, esfregam, mas não conseguem limpar, tem que pintar de novo, mas hoje, não sei por quê, vou percorrendo as notícias e de repente me fixo na foto do fusca de porta aberta com um homem caído para fora. Ele está muito machucado, coitado, e logo percebo que é o Comunista que mataram ontem à noite pertinho de casa, fiquei sabendo porque meu pai tinha saído com minha mãe e um amigo deles telefonou, é advogado e não quis esperar, foi correndo nos ver, sabe lá o que pode acontecer com crianças sozinhas numa noite de tiros e perseguição, porque a empregada foi para o quarto e mesmo se gritar ela não escuta, ele fala macio, não quer nos assustar, mas meu irmão abre o cofre segredo 75, uma volta para a direita, duas para a esquerda, parando no 46, e retira o revólver 38, ele é menino e toma conta da gente quando meu pai e minha mãe saem para fazer visita, cinema já desistiram, tem fila e o ingresso custa os olhos da cara, mesmo se for filme nacional e não um bom faroeste Americano, teatro então, nem amarrados, só tem palavrão e atores pelados no palco e tudo.

Torno a folhear o jornal e sinto um calafrio, diante de mim um número brilha no branco-e-preto das linhas, ele se destaca das manchetes e das colunas, é o mesmo 246928 da placa do meu primo dominicano-comunista de cabelo encaracolado que nem anjo barroco, deve ser coincidência, mas depois do jantar minha esperança evapora, meu pai está tenso e fala com minha mãe em português mesmo e não em inglês como quando não quer que a gente entenda, por isso escuto direitinho, o carro é dele mesmo, se descobrem nosso telefone na agenda do filho da sua prima estamos perdidos, nem adianta dizer que tenho amigos influentes e apóio a Revolução, eles prendem e batem para depois perguntar, a esta altura seu sobrinho já fugiu, deve estar no bem-bom na Europa, nós não temos para onde ir, e até provar que focinho de porco não é tomada...

Quase sufoco e enjôo, mas, em vez de correr para o banheiro e vomitar, vou dormir com o coração escorrendo e acordo na madrugada ardendo em febre sem nenhuma doença aparente. A garganta arranha e na boca sinto um travo por causa do fígado, que me deixa esverdeada como os marcianos, que ninguém nunca viu mas estão carecas de saber que são exatamente dessa cor. Meu corpo dói feito se tivesse levado uma surra, procuro não pensar no tal primo, mas a imagem dele está fixada no meu cérebro com prego que é prego mesmo e não cravo do tempo de Jesus.

Fico três dias de cama no quarto do meu pai e da minha mãe, não fosse o zumbido e o enjôo que não passa, dava até para aproveitar as revistinhas que se acumulam debaixo do criado-mudo, mas no meio da tarde, com o sol entrando pela janela aberta para arejar dos micróbios, vejo as partículas suspensas nos raios de luz e quase desapareço de tão quieta e de repente levito junto com elas, flutuo no ar com zero de peso, a dor e o mal-estar somem, meu corpo já não me pertence, eu sou a luz que me olha observando os fachos luminosos à minha volta no vazio da paz, deve ser assim quando a gente morre e vai para o Céu.

"Hora do remédio!"

Pluft! Despenco com tanta força que quase quebro as molas da cama de armar, bebo o líquido viscoso sem implicância, ainda não reentrei no meu corpo para conseguir articular um protesto e minha mãe deixa o quarto mais encafifada do que satisfeita com a filha-problema que por uma vez não cria caso, mas, como perdi o dom de levitar, recosto no travesseiro, encolho, escuto os ruídos da tarde excluída do mundo, que sobrevive sem mim, retirada do meu dia-a-dia, os sons lá embaixo misturados aos da rua dão a medida da minha insignificância, sou pequena, um reles corpo dotado talvez de meia alma na caminha provisória no quarto do meu pai e da minha mãe.

Com a testa porejando de suor, desejo me esconder a salvo dos meus pensamentos, que doem feito a ferida invisível da minha amiga quando o pai morreu, só que ela tinha um motivo e eu tenho apenas luz e poeira disfarçados em tédio, palavra nova que aprendi e incorporo ao meu dicionário, ele cresce a cada dia como a lista dos títulos lidos anotados na cadernetinha de capa de metal dourado, inclusive o dos sinos que dobram, este nem terminei, minha mãe arrancou de mim, tem indecência demais para minha idade e não pode, assim como aquele sobre o povoado esquisito onde as formigas devoram recém-nascido morto e chove sem parar por cem anos até a solidão encharcar as paredes e os habitantes mofarem pelas tripas, coitados, também não cheguei ao fim, a professora pegou, estava lendo por baixo do caderno na aula de geografia, incluo assim mesmo, a intenção é que vale, e por mais que leia desconfio que não vou conseguir dar conta de um milésimo do que já foi escrito, a estante do meu quarto e as prateleiras da garagem estão abarrotadas de volumes grossos, muitos deles, como o dos amigos bêbados de náusea sem ânsia de vômito, entendo pior que grego mas leio de qualquer jeito, alguma idéia acaba entrando na minha cabeça e ainda aumento a lista, só que a vida é injusta, se estou doente, com todo o tempo nas mãos, não consigo fixar a vista nas páginas que me olham e não me tentam, basta sarar, ter deveres acumulados e vem uma vontade louca de mergulhar nos pântanos infestados de mastins que dilaceram as vítimas para o Sherlock desvendar o crime, era mais que óbvio, meu caro Watson.

Nesse fim de tarde friorento, com um livro debaixo das cobertas sinto um prazer tão grande que chega a dar medo, todo prazer é pecado e acabamos pagando por ele, Deus cobra com juros e correção monetária, meu pai diz, e nem compensa esconder, Ele é onipotente e onipresente, tudo vê e tudo sabe, senão não seria Nosso Senhor, não existiria igreja nem padre nem nada, só o Diabo, que no final viraria Deus, sem Ele o Capeta nem precisava ser mau e era até capaz de se transformar em anjo de novo, coitado.

Respiro as notas musicais do piano da academia vizinha sem pensar no zelador e tento sarar, as férias estão próximas, vamos para o Rio de Janeiro, quase duvido da minha sorte, não tem nada melhor que passar os dias na praia com intervalo para o almoço e a digestão, senão a gente tem um treco na água e morre, que é ainda mais irremediável do que ficar com a mente atrasada como meu tio, que estacionou nos doze anos de idade e nunca mais saiu.

40

Pensar no tio de Belorizonte me lembra a fazenda da minha outra tia, aonde vamos de caminhonete engolindo poeira, lá eu e minha irmã dormimos como rei de baralho na casa sem forro, é fresquinho mas os morcegos passam raspando, encolho debaixo da colcha áspera, que pinica o rosto, minha tia não usa lençol no mato, luxo desse só na cidade, meu tio marido dela não é milionário, vive se queixando da vida, meu pai diz que fazendeiro é rico de arrebentar e nunca admite, bem que podia colocar luz elétrica para não acender lampião, se sopra um ventinho e cai todo mundo morre queimado feito as pessoas do circo que pegou fogo na revista *O Cruzeiro*, sobrou apenas um monte de sapato no maior desperdício.

Se chove, ficamos espiando minha tia e minha mãe jogarem buraco o dia todo, não levantam nem para fazer xixi senão uma rouba da outra e elas brigam feito menino, anotam os pontos num bloquinho, quem bate primeiro pega o morto e começa tudo de novo, só na hora de sofrer banho elas despregam da cadeira, depois voltam à mesa forrada com feltro verde e gritam para meu tio desligar o rádio, de boca murcha sem a dentadura que machuca a gengiva e às vezes até sangra, coitado, ele fica girando o botão das estações, mas não pega nada, só zumbido feito mosca-varejeira ou besouro bem gordo, eu nem ligo e penso nos chicletes e gibis que trouxe comigo, a cidade é longe e no arraial não tem essas coisas, a lojinha vende apenas chita, banha de porco em latas verdes e rolos de fumo de corda, rapadura tem, açúcar não, por isso raspo o estoque da cozinha e levo para os pretinhos de perna torta, minha tia descobre e fica brava, minha mãe jura nunca mais nos trazer aqui, ela sempre ameaça e voltamos todas as férias, nem preciso me preocupar.

Bem cedo pela manhã tomo leite no curral, ele cai espumando na caneca com café quente, fica amargo depois que liquidei com o açúcar que meu tio vai trazer quando for à cidade com o dinheiro que minha mãe fez questão de dar, daí pego um cavalo mansinho e vou para o arraial, atravesso o riacho que chamam de lava-pés e chego no largo da igreja, ela está despencada e roída de cupim mas o gramado em frente é quase igual ao do *Big Valley*, despisto minha prima, que veio de lenço na cabeça que lambuzou de babosa, não tem nada igual para dar brilho e fortalecer os fios, galopo umas quinhentas vezes de um lado para o outro até o povoado inteiro olhar para mim deslumbrado com meus cabelos loiros encaracolados que sacodem ao vento, os olhos azuis eles não conseguem ver de longe, o chapéu legítimo de caubói cobre parte do meu rosto e protege minha pele branca do sol, senão enruga e fico parecendo velha como minha mãe, coitada. Quando canso paro debaixo da árvore vergada de flores com gosto de groselha vermelho-sangue, respiro a poeira marrom e saio andando pela multidão boquiaberta diante da minha habilidade e da minha beleza.

Minha prima que nem namorado tem e vai morrer solteirona grita não o nome da Audrey e sim o meu, e nesse instante, puf!, como numa maldição meus cabelos empretecem e encolho para dentro de mim. O arraial fica sem graça, pobre e abandonado, a grama resseca no calor do cerrado, os raros moradores que passam nem me olham, as botas tornam-se Congas, o chapéu some, minha saia-calça vira short de andar na fazenda e até o cavalo puro-sangue retoma a cara de pangaré, sobra só o chicote de castão de prata que ganhei de aniversário. Por isso à noite, quando minha prima pega um sapão, coloca o cigarro para ele fumar até explodir, retira para ajeitar melhor e sem querer dá uma tragada em cima da baba nojenta e decerto venenosa dele, solto uma gargalhada daquelas, mas ela dá o troco e no dia seguinte sai a cavalo sem me avisar, fico ali imaginando como estão se divertindo sem mim, como quando minha mãe foi passear no pico do Itacolomi e me deixou para trás na casa mofada em Ouro Preto, acordei cedinho, eles já tinham ido embora, a tristeza do abandono se mistura à revolta da traição, quero me matar para ver a cara dela ao me encontrar numa poça de sangue, só que morta eu não poderia ver nada e ainda por cima acabava no Inferno, porque só Deus tira a vida da gente e é pecado pensar nisso, quanto mais fazer.

Resto sozinha na imensidão do pasto de boi e boi que se estende até a porteira defronte ao pôr-do-sol, a bola de fogo gigante pousada feito disco voador, de tão bonita me esqueço, sem medo do touro nelore que chifra até as tripas saltarem para fora e mandarem costurar para pôr no caixão, dava ânsia de vômito olhar os intestinos contaminados de sangue e resto de capim, vou transbordando para fora de mim enquanto o sol não vai embora iluminar a outra face da Terra.

De tanto pensar minha cabeça dá nó, se tivesse de escolher não sei se preferia o Rio de Janeiro como-gosto-de-você ou a fazenda da minha tia com araras vermelhas que descem no pátio, desprezam o melado que ainda fumega no tacho de cobre, bicam o cacho de bananas maduras, meu tio me dá de presente o filhote mansinho que nos visita todo final de tarde, minha mãe estraga-prazeres não deixa levar para São Paulo, não faltava mais nada, ela reclama, uma ave dessas sujando o quintal de casa! Bonitas são as garças, que roubam piabas que pesco no riacho resistente à secura do verão infestado de cascavéis de guizo na ponta do rabo e pele castanha de losangos verticais, são craques em morder cavalo e devorar sapo, ele fica batendo as pernas até o veneno surtir efeito e deixar o bicho molenga e sem vida. Elas fazem parte da família das *Crotalus terrificus*, que pesquisei na Barsa para a escola e são diferentes das jararacas, quando uma morde tem que apertar com cinto para o veneno não espalhar, com a outra é proibido fazer torniquete, se a pessoa esquece ou se confunde, aí não tem escapatória, pode se arrepender dos pecados e encomendar o caixão, o pior é que no mato nem enciclopédia tem, e mesmo se tivesse ninguém ia consultar no meio da afobação, daí o membro cresce e incha e avermelha feito aquele negócio que o zelador da academia vizinha tem no meio das pernas, coitado, depois vai pretejando até apodrecer e ter que cortar fora para ser exposto nos vidrões de formol do Butantã, não dá tempo de tomar soro, nem que tivéssemos asas ou dinheiro para a passagem da Panair, que não temos, e por isso em vez de alpercatas são recomendáveis botas de cano alto, que um dia vou ser rica para comprar iguaizinhas às da Audrey do *Big Valley*, junto com aparelho nos dentes mesmo se continuarem perfeitos.

Afinal chega o dia da viagem e num segundo estamos no Opel, que minha mãe dirige, meu pai tem que trabalhar e vai se juntar a nós mais tarde. Procuro obedecer, ela ameaçou com beliscões doloridos, não podemos brigar, é uma peleja uma mulher guiar sozinha na estrada com três filhos de morte mais um bebê de colo, um dia vamos saber o que é isso, só que meu irmão solta pum fedido, minha irmã me aperta nas curvas, bato nela, o fuzuê tem início, minha mãe pára no acostamento e distribui beliscões junto com um pedaço de comprimido que nos deixa lerdos e bonzinhos.

Engulo o comprimido e dali a pouco fico leve e feliz, meus irmãos também estão quietos, olham a paisagem que corre pela janela como numa tela de cinema, me pergunto por que ela não substitui os beliscões pelos remédios, as árvores da beira da estrada viram manchas coloridas e depois somem completamente, só acordo com o carro parado defronte à Polícia Rodoviária.

— O que a senhora está lendo? — o guarda pergunta ao ver o volume no banco da frente, sempre vazio depois que meu irmão perdeu os dentes na batida.

— É um livro do Jorge Amado, por quê? — ela responde num tom um tanto alto para meu gosto, e se ele fica ofendido e nos prende? Só que o policial pega o livro feito se desconfiasse de um segredo escondido entre as páginas, vira, revira e devolve para ela enquanto suspiro aliviada, por um triz nos livramos da cadeia, imagina passar a noite numa cela cheia de bandido... Acontece que minha mãe não está satisfeita, perdeu o juízo por causa da responsabilidade de levar tanto menino estrada afora, cada um tem sua cruz, a dela é maior que a de muita gente, por isso dispara:

—Tem alguma objeção?

Ele olha bem dentro dos olhos dela.

— Nenhuma. Por quê?

— Porque estamos no Brasil, que é um país livre.

Ele dá de ombros, deve estar pensando o mesmo que eu, aquela mulher só pode ser maluca para falar assim com a polícia, vão internar minha mãe no Pinel, ela insiste e meu pavor cresce.

— Para seu governo, isto aqui não é a Rússia...

—Tudo bem, minha senhora. Pode seguir.

— Onde já se viu bisbilhotar o que lêem ou deixam de ler?

Antes de o guarda responder, minha mãe tem a presença de espírito de acelerar, pelo espelho retrovisor vigio os gestos dele, aposto que vai sacar o revólver e dar tiros em número suficiente para nos deixar mortinhos da silva, depois da tristeza de enterrar mulher e filhos meu pai acabava casando outra vez, homem não consegue se virar sozinho, é dependente da mulher por mais que reclame do casamento, mas o policial nem se mexe, espero que não tenha anotado o número da placa para mandar nos prender no Rio, minha mãe perdeu uma ótima oportunidade de jogar com uma carta de menos, meu pai diria com toda a razão.

O sol entra pela janela de trás e torra meu braço que protege meu irmãozinho, empurro minha irmã para o canto, ela reclama e eu nem ligo, levanto a mão para dar um tapa e escuto minha mãe avisar que chegamos à fronteira com o estado do Rio.

— Não vamoushh parar e comer algumashh coisash?

— Ih, lá vem ela com a mania do xis! — meu irmão provoca de metido, pois fala assoviando com a língua que toca o plástico do aparelho no céu da boca e nem precisa fingir como eu.

— Avisei para não fazer isso que o caldo vai entornar! — Dá para sentir os beliscões faiscando na frase da minha mãe, mas não tenho como resistir àquele chiado, ele empresta às palavras gosto e cheiro de maresia, melhor que isso só o do esterco da fazenda da minha tia ou o da fumaça que sai de bombinha em festa de São João, no mar água salgada fica doce, delícia de férias entre as ondas que de vez em quando dão cambalhota puxando para o fundo, onde uma mão invisível me segura até eu perder o fôlego, juro nunca mais nadar além da arrebentação, mas como se negar ao chamado do verde-azulado com cara de Rio de Janeiro?

— Sai daí, você vai morrer afogada! — o grito da minha mãe corta meus pensamentos, Deus não ia deixar uma tristeza dessas arruinar nosso verão, se eu morrer vão me levar de volta para São Paulo no porta-malas, feito bagagem, ou então me espicham no colo dos meus irmãos, que para variar não brigam para ficar no lado que não pega sol, alisam meus cabelos pela última vez, depois minha irmã herda tudo meu, ela nunca vai fazer o que pedi, que se morresse antes dela tinha um papel na gaveta da penteadeira dizendo o que iria para quem.

— E saia de baixo desse sol! — Minha mãe nunca está contente. — Assim vai ficar preta demais da conta!

Meu corpo brilha negrume na claridade, se não uso aparelho nem tenho olhos azuis nem nada, pelo menos meu cabelo é liso e não pixaim, tataraneta de índio ainda vai, até gosto quando minha tia me chama de Jacuí, obedeço contrariada, é um desperdício ter o mar borbulhando na minha frente sem poder usar, mas bebo mate gelado de montão e me sinto menos roubada de sol.

41

À noite o calor é intolerável, apesar do sono não prego olho, se fôssemos ricos daríamos de presente para a dona do apartamento um ar-condicionado que só no Dia de São Nunca vamos comprar, ventilador é mais barato, e mesmo assim tem só no quarto da minha mãe, menino não precisa desses luxos, meu pai responde se peço pelo-amor-de-deus para me trazer um da Sears. O braço dói de tanto abanar, se paro derreto, as paredes latejam de calor, deve ser pior no Inferno, quando morre não tem corpo nem nada mas sofre do mesmo jeito, o Diabo sempre inventa um modo de judiar, senão o Inferno virava Céu e não tinha graça passar a vida fazendo o bem para acabar no mesmo balaio que os ladrões, os pecadores sem Moral ou de outra religião, que estão completamente errados e não sabem, coitados.

Aperto as pálpebras em cima do beliche, minha prima acende o abajur para se trocar, ela não percebe que estou acordada e vai tirando a roupa para vestir o baby-doll até ficar só de calcinha, vejo os peitos pequenos e redondos, o bico duro apontando como um farol, apesar de pecado tenho vontade de passar a mão neles, devem ser macios como pêssego, que nunca experimento porque custa uma fábula e não somos milionários nem nada.

O corpo dela é bonito, se eu não ficar baixinha anã como minha mãe fala que vou ficar, queria ter peitos assim, mas em vão procuro ver como ela é embaixo, a calcinha grossa só deixa notar um montinho no lugar do xixi, são os pêlos enrolados feito bombril que vi uma vez pela fechadura do banheiro. Ela deita e rememoro a cena daquela manhã, quando sem querer trocou de roupa diante da janela aberta nesse quarto que dá para o fundo do prédio e um moço assoviou de algum apartamento, ele disse que a vista ali era mais bonita do que na sala, de frente para o mar.

— Nossa! Se fosse comigo, me matava na hora! — lembro de ter exclamado.

— Que besta! Eu fui na maior calma fechar a cortina.

— Quase pelada?!

— E daí? Ele já tinha me visto mesmo...

— Se seu noivo souber, ele nunca mais casa com você!

— E como vai descobrir? Só se alguém contar!

Como ela pode esconder que foi vista por outro homem? Ela tem é medo que ele desmanche e ela morra solteirona que nem as quatro irmãs de Ouro Preto, que meu pai chama de "meninas", elas nunca tiveram marido nem filhos nem nada, coitadas, vão morrer sem ninguém para deixar a herança nem pensar nelas no Dia de Finados, como eu, que vou lembrar da minha mãe e visitar o túmulo com rosas brancas que vermelha é de defunto, ela avisa, e mesmo depois de morta tem que respeitar os desejos da mãe senão vai para o Inferno quando morre.

Imóvel no calor do beliche, sem uma brisa para diminuir o sufoco e o cheiro do cigarro da minha prima, porque toda moça chique fuma direto, por isso minha mãe divide com ela os pacotes que compra, sonho em ser milionária para colocar ventiladores gigantescos em cada um dos quartos deste apartamento bem defronte ao mar em Copacabana. Com os olhos pesados enxergo imagens das chamas do Inferno, que provocam suor, misturadas à das irmãs muxibentas emolduradas pela janela de onde assistem à vida sem poder tomar parte, espiam tristonhas a paisagem cinza e fria sob o manto da chuva fina parecida com a garoa de São Paulo, que precisa de impermeável e galocha, espremem a vista para fixar o mundo, que termina logo ali, no horizonte fechado pela cadeia de montanhas, que não deixa o sol espantar o mofo, a melancolia e o pão de queijo amanhecido com licor de pequi no cálice de cristal, elas nunca sentiram o que minha prima vai experimentar com o noivo, isso se ele não descobrir que ela foi vista pelada por um completo estranho e nem ligou, essa falta de pudor deve ser defeito de família, a irmã mais velha dela, uma moça rica, bonita e inteligente, jogou o futuro no lixo, teve que casar de supetão pois ficou esperando neném antes da hora, para evitar escândalo no lugar mínimo onde vivem anteciparam a cerimônia, assim mesmo num instante a notícia se espalhou, só pode ser barriga grande, senão minha tia, uma mulher respeitosa da Moral e da família, que chegou a organizar manifestação contra o prefeito que permitiu o filme da Brigitte Bardot com biquíni minúsculo-indecente no único cinema da cidade, não deixaria a filha casar com um rapaz de nível muito inferior e ainda por cima de cabelo ruim e pele escura por causa da mãe dele preta, coitado, é proibido tocar no assunto, que escondem a sete chaves, eu descobri e nunca comento senão minha mãe me bate, apesar dos parentes do lado dela terem um pé na cozinha, meu pai sempre vem com essa história quando brigam mas nunca conseguiu provar nem nada.

De repente um repuxão no meio das pernas, uma dor que não chega a ser dor, ela vem intensa, rolo na cama, que ferve, a sensação estaciona logo acima do umbigo, fico semi-acordada, doida para despertar, presa num vazio indefinido, deve ser assim no Limbo, para onde vão os anjinhos inocentes que morrem antes de ser batizados, tem mãe sossegada demais e quando se dá conta é tarde, o filho escapuliu, vai passar a eternidade escorregando para lá e para cá, como num carro desgovernado.

Revejo o noivo da minha prima com os lábios salpicados de sarda igual o rosto, as mãos e, quem sabe, até a bunda e as partes escondidas dentro da cueca, elas vão saltar para fora no dia em que casar com minha prima, mas só se antes eu não contar, será uma pena devolver os presentes em exposição no escritório do meu tio para as visitas se maravilharem com os cinzeiros lapidados, as jarrinhas, jarronas e travessas de prata de montão, os aparelhos de jantar completos, ela ganhou dois, se um estraga já tem o outro para substituir, e estojos de colherinhas de café com pedras brasileiras coloridas na ponta, além de enceradeira e vitrola, todos eles semi-abertos dentro das caixas e acompanhados do cartão com nome e sobrenome de quem mandou, se tiver dado porcaria vai passar o maior vexame e ficar com fama de pão-duro, coitado.

Pensando na própria casa enfeitada com esse tesouro, o noivo da minha prima vai para a igreja na santa ignorância, então as sardas dele vão crescendo até explodirem dentro da minha barriga como um soco, a sensação incômoda de que fiz algo de errado contamina a lembrança daquilo que o zelador mostrou quando fui investigar o roubo da televisãozinha verde e moderna e prática, o negócio dele era feio e gordo e nojento mas eu não consigo me controlar e sem querer fico toda molhada e encolhida e cheia de vergonha e tudo.

Na noite seguinte, passagem de ano, vamos ao apartamento do General, ele tem uma filha que vai se casar com o Capitão, no exército é assim, todos unidos formando uma grande família, parecem até irmãos, meu pai comenta mas não entendo, se fossem irmãos criariam caso feito minha irmã e eu, que uma vez, de tão Cansada de nossas brigas, minha mãe trancou no quarto e com o chinelo na mão obrigou uma a bater na outra até não agüentar, daí perdeu a graça, mas se uma não estapeasse a outra minha mãe é que esmurrava para descontar a raiva acumulada durante anos, nunca se viu duas meninas que poderiam ser as melhores amigas agir desse jeito, ela fala e tasca uma chinelada enquanto recordo dos gladiadores do tempo de Jesus, que só podiam deixar a arena se matassem ou morressem, coitados, e de tanta pena deles desato num berreiro danado, ela fica ainda mais nervosa, minha mãe, não minha irmã, que chora apavorada e nem compensa brigar mais comigo porque minha mãe se encarrega de nos dar uma bela surra.

Por ser uma ocasião especial o General nos recebe de uniforme de gala com quepe e tudo, não tira nem no jantar, isso é pecado para qualquer um, menos para ele, que tenta esconder uma parte da testa que afundou não por causa de uma queda como meu pai mas por conta da operação super-séria que tirou dele a sensação do cheiro e do sabor, mas ele não se conforma e exige os pratos bem-apresentados à mesa, a mulher dele conta baixinho para meu pai, que fica na maior admiração por aquele sujeito tão correto que cultiva o bom gosto mesmo sem sentir gosto, coitado.

De estômago revirado de fome, assisto na televisão à retrospectiva do ano com a chegada do homem à Lua, o fato mais importante do século, o General comenta, enquanto espero a ceia, que não fica pronta nunca, justo agora que os minutos deviam voar que nem foguete eles encompridam feito elástico, o zunzunzum da TV me dá um sono molenga, peço e minha mãe me leva para o quarto da filha que vai se casar com o Capitão de uma família sem irmãos, só de Filhos-Únicos, que nunca brigam porque não têm irmãos para amolar, estico na cama, agarro o travesseiro com cheiro diferente do meu, assim mesmo durmo feito pedra, só que pedra não sonha e agora ganho asas e saio voando como nas histórias que leio, o bom é que nessas horas nem de livro preciso, sou levada pelo vento morno que me suspende acima das nuvens da cidade maravilhosa do Rio de Janeiro, onde ninguém trabalha feito paulista para sobrar tempo de tomar sol, visitar o Corcovado e andar no bondinho do Pão de Açúcar, que dá frio na barriga mas a vista nunca enjoa de tão linda.

Enquanto dormimos nossa alma sai do corpo e passeia pelo mundo, a gente pensa que sonha, mas é o espírito que se desprende dos ossos e da carne e dos músculos e tudo, fica livre para fazer o que nunca é possível durante o dia, por isso às vezes queremos acordar e não conseguimos, leva uns minutinhos que parecem uma eternidade para a alma voltar ao corpo. Também por esse motivo é o maior perigo berrar com sonâmbulo, ele pode acordar antes do espírito reentrar e morre fulminado, a vantagem é que nesses casos não precisa de velório, está mais do que provado que o defunto morreu de verdade e não corre o risco de abrir os olhos dentro do caixão, cuja tampa nem adianta arranhar com as unhas até sangrar porque o cimento abafa o som e se alguém escuta pensa que é assombração e foge correndo em vez de ajudar, coitado.

Reviro na cama e as imagens do passeio à Lua embaralham, enxergo as crateras tão nítidas como os astronautas Americanos que fincaram lá no alto a bandeira dos Estados Unidos para mostrar como são desenvolvidos aos habitantes da Terra e até para as criaturas desconhecidas do sistema solar, que Deus deve ter fabricado mas os padres ainda não descobriram se Ele tirou da costela de Adão ou de Eva, nem se nasceram com o Pecado Original como os humanos, que crucificaram Jesus com pregos enferrujados de micróbios para ter a certeza de matar de qualquer jeito, por isso elas não precisam ser batizadas nem nada. Por mais que me esforce, não consigo ver os habitantes da Lua, que são invisíveis, nem achar as pegadas do dragão de São Jorge no meio do rastro dos astronautas Americanos.

Dali a uns instantes minha mãe me sacode para a ceia, não quero perder meu passeio pelos planetas, não dá para descer e subir como no trólebus da rua Augusta, assim troco o jantar pelo satélite amarelo-dourado com jeito de queijo-de-minas e durmo até de madrugada. É dia claro quando subimos no elevador cujo cheiro agora não descubro direito por causa do sono, que me tira a sensação feito o General de crânio afundado que nem vale a pena esconder debaixo do boné porque estamos carecas de saber do defeito dele, coitado.

Vou cochilando para a cama, ela é um envelope de pano, entro nos lençóis macios deixando descoberta apenas a cabeça, que à noite os anjos enfiam para dentro, fecham e despacham pelo correio celeste para o mundo dos sonhos, se passam cola não sei, nessa hora nunca estou acordada. Assim às vezes levantamos ultracansados e nem sabemos o motivo, e por essa razão quem adormece no sofá vendo TV nunca sonha, até para anjo é difícil carregar pelos Céus pessoas fora do envelope da cama, mesmo sendo eles anjos com superpoderes e tudo. Dormir também é um santo remédio para fazer a digestão do que aconteceu durante o dia, o sono desembaralha idéias e desfaz os nós do pensamento feito creme rinse nos fios embaraçados, acorda de alma limpinha, mas como tem que economizar só lavo a cabeça uma vez por semana, no máximo duas, senão desperdiça, o vidro acaba e sem ele eu esperneio para pentear, até o dia em que minha mãe perde as estribeiras, me puxa pelos cabelos para o carro debaixo de uma chuva de tapas, beliscões e chineladas, não necessariamente nessa ordem, e guia direto para o salão, onde recebo um corte joãozinho, fico parecendo moleque e ninguém acredita que sou menina que faz xixi sentada e tudo.

Estou quase repegando no sono, não no sonho, quando um acaba começa outro diferente, é a desvantagem se comparado com o livro, que pode continuar na página em que parou, e um grito me empurra para fora da cama. Corro para a sala e meu pai, debruçado na janela junto com minha mãe, meus irmãos e minhas primas, mostra a praia toda enfeitada de buracos circulares que alguém foi fazendo na areia para imitar as crateras da Lua do meu sonho, que os astronautas Americanos filmaram no espaço para a gente ver na televisão como a Terra é azul lá de cima, e explode de admiração junto comigo, minha mãe, meus irmãos e minhas primas, carioca é um povo batuta e abençoado por Deus, nunca vai ter problemas graves feito em outros lugares do Brasil, com praia, mar, montanhas, um clima camarada e um senso de humor como esse não precisa de mais nada, meu pai fala e eu aposto que sim.

42

As férias chegam ao fim, custo acreditar que um mês voou tão rápido, pena que não acontece o mesmo no período de aulas, quando os dias esticam feito chiclete de bola, dez minutos demoram quase uma hora para passar, a tarde de aula leva umas quinze para terminar e a semana de segunda a sexta vira uma eternidade como um relógio quebrado, com o ponteiro que nunca se move.

Procuro segurar dentro de mim o cheiro de maresia e fritura misturado à madeira umedecida do elevador, encho os pulmões deste ar com gosto de magia e cor esverdeada do mar e do mofo, na praia tudo se confunde, os vapores do oceano imenso e profundo contaminam as fechaduras e a porta da geladeira, repleta de pontinhos de ferrugem como catapora. A vida na praia parece perfeita, parece mas não é, aqui os móveis, o rádio e a televisão estragam na maior facilidade, Deus é sabido e consegue pesar as graças concedidas, seria injusto os cariocas ganharem tanto a troco de nada, falar com xis, rir direto por causa do marzão justo ali, debaixo do nariz, ah, eles tinham que pagar, o lado bom vem junto do mau, se alguém fica alegre agora é porque tem uma tristeza ali na esquina, sempre foi assim, é o preço para merecermos o Reino dos Céus e não ir para o Inferno no momento da nossa morte, amém.

Talvez para compensar o excesso de beleza, o Rio recebe muita chuva torrencial, a água não pára de cair e lava as favelas que enfeiam os morros antes tão lindos, derruba barracos, mata gente pobre, que nem tinha que ter feito casa ali para destruir a vista que é o cartão-postal do Brasil, e o governo bota todo mundo na escola da praça ao lado do nosso prédio enquanto faz outras moradias bem longe, ao redor da cidade, onde eles têm que morar, não lá em cima atrapalhando uma das paisagens mais espetaculares do planeta, meu pai reclama. Minha mãe concorda, mas como é muito caridosa recolhe roupas velhas, que tinha pouca porque para o Rio só trazemos coisa boa, não é como na fazenda da minha tia, aonde levamos calças rancheiras e calcinhas esburacadas para acabar de uma vez e virar pano de chão se antes não tiver dado para os pobres, e ela vai até a escola junto comigo e minha irmã, meu irmão fica para trás, caridade é dever de mulher. Minha mãe escolheu uma blusinha de pijama que eu adorava, antes tirou os botões para se um dia precisar, pego um pacote de açúcar, porque não tem rapadura, só na venda do arraial, e entro no ginásio que virou abrigo dos desabrigados.

Primeiro aperto a mão da minha mãe, no meio de tanto pobre pode ter ladrão disfarçado, a algazarra do monte de criança abafa o barulho do temporal que já passou, e de repente uns olhinhos pretos de jabuticaba me chamam atenção, largo minha mãe e caminho para o dono deles, o menino abre os braços, apesar de pretinho não é feio, quando sorri o rosto brilha feito o de um anjo, se os anjos tivessem pele escura e não fossem todos loiros de olhos azuis como são. Tomo coragem e o pego no colo, canto no ouvido dele e em troca recebo uma risada que borbulha de satisfação, na hora de ir embora eu quero que ele vá junto, espaço temos de sobra, vou cuidar dele, experiência não me falta, olhei meu irmãozinho, que minha mãe não queria mas Deus deu assim mesmo, só que ela está farta dos meus pedidos malucos, eu nem devia ter encostado nele, imagina se pego doença, era só o que faltava, estragar nossas férias por causa do moleque, que não tem a mínima higiene. Saio de lá ainda mais triste do que entrei, nem penso na blusinha do pijama, só no garoto de olhos de jabuticaba, quando crescer vou ser rica e famosa para adotar todos os filhos dos lixeiros, carroceiros e varredores de rua, que a mãe deles trabalha fora e não pode cuidar, vou pegar um por um até não ter mais ninguém pedindo esmola, vão morar comigo na casa de piscina, vão ter roupa nova e não boa de dar para os pobres e vão estudar no jardim-de-infância do clube apesar de serem pretinhos e não loiros nem cor de jambo feito eu.

Admiro no espelho minha pele bronzeada de sol e sorrio vaidosa de poder, na volta, exibir a cara e o corpo de quem se esbaldou na Cidade Maravilhosa, a qual recebe os mineiros, que nunca tiveram mar, coitados, têm que ir até Guarapari, para cá só vem quem tem dinheiro ou amigos feito no nosso caso, sorte meu pai conhecer uma mulher que nos empresta o apartamento enquanto usa nossa casa em São Paulo e todo ano perde a vista das ondas, que rebentam sem nunca cansar, os três quartos dariam justinho, mas chegam hóspedes de Belorizonte e para acomodar todo mundo minha mãe, prática e habilidosa, prende um lençol no teto da sala e faz aparecer um quartinho instantâneo onde põe uma cama-de-vento para meu irmão dormir pertinho do mar ali na frente.

Antes de partir deixo roupas abertas na janela, quem sabe elas pegam vestígios dos cheiros que vou poder sentir quando morrer de saudades do Rio, tremo só de pensar na vidinha pequena e sem brilho de acordar, ir à escola, ver televisão, pular corda e ouvir meu pai e minha mãe brigarem, ainda bem que tenho livros, com eles escapo para longe, vôo e visito pessoas desconhecidas, mesmo que na volta seja pior, é duro comparar tanta coisa interessante com o dia-a-dia em preto-e-branco, encolhido feito a blusa de buclê que a passadeira lavou e não cabe mais em mim, vai para os pobres, porque minha irmã deu para implicar com roupa herdada, só meu irmãozinho não liga para os shorts feitos com sobras, é pequeno e não entende, tem que agradecer a Deus de estar vivo e sem defeito, arrepio toda vez que penso no remédio da vizinha que teve um filho-monstro, ainda bem que morreu logo ao nascer e foi enterrado num caixão branco no maior desperdício, cabia dentro de uma caixa de sapatos, nem sei se batizaram, quem sabe está até hoje patinando no Limbo, coitadinho.

Com isso faço o sinal-da-cruz, não devo reclamar da vida, podia ser pior, não somos milionários mas não tem aleijado na nossa família nem cego nem nada, o que por outro lado às vezes dá raiva, se tivesse algum problema iam voltar as cabeças cobertas com véus pretos das mulheres casadas e brancos das moças, nos olhavam quando entrássemos na igreja aos domingos, essa glória nunca vou experimentar, a não ser que alguém sofra um acidente grave e não sare nunca mais, morrer não adianta, enterro acontece uma vez, depois da missa de sétimo dia poucos vão lembrar da Tragédia, mesmo que a gente entre com o rosto vermelho de choro, no máximo cochicham e logo se esquecem, a pena deles some com a mesma rapidez com que se engole a hóstia para não correr o risco de morder e encher a boca do sangue de Cristo no maior Pecado Mortal.

Por fim devoro com os olhos toda a paisagem que cabe dentro de mim, sem esquecer os detalhes, como a rede de vôlei armada no meio da praia, nem o rapaz que vende chá-mate gelado, além das lojas como a Bonita, que admiramos de fora e onde minha mãe uma vez cometeu a extravagância de comprar uma roupa caríssima, férias são férias, justificam uma pequena loucura, também levo a imagem do Bob's, do cinema com o submarino amarelo dos Beatles e da galeria de lojinhas que só tem aqui. Com a morte no coração entro no carro, a volta é tão triste que nem brigo para ficar na janela, a melancolia contagia meus irmãos que nem dor de garganta, pior será quando passarmos a divisa entre os dois estados, vou suspender a língua do xis senão levo beliscão para marcar meu braço livre de roxos por causa das férias, que têm o dom de acalmar minha mãe sempre exausta, coitada, nem teve tempo de relaxar direito e vai pegar no batente, a vida é uma tourada, Filho-Único já é uma cruz, imagine quatro...

43

Mal dormimos a primeira noite após as férias e minha mãe nos acorda cedinho, ainda zonza de sono pergunto aonde vamos, ela tem pressa e nos proíbe de tomar o café-da-manhã, é preciso jejum absoluto apesar de não irmos comungar que hoje não é domingo. Visto calças e a blusa de gola olímpica, ainda dá para usar mais uma vez antes de lavar, desço as escadas curiosa e agarro no armário da copa umas bananas e dois pacotes de bolacha que vou dividindo com meus irmãos no carro sem minha mãe perceber, ela está entretida dirigindo, fumando e reclamando de nós, do meu pai e da vida para a empregada no banco da frente, que ouve calada no meio da fumaça dos cigarros que nos faz tossir mas não pode abrir nenhuma fresta, se entra friagem gripamos e não dá para operar como ela pretende conosco nesta manhã depois de telefonar para meu pai avisando que tinha chegado ao limite do martírio com filho doente de enfiada, basta o primeiro sarar para o último da fila inventar ponto na garganta, remédio comum não funciona e antibiótico não é grátis, nem o tempo dela, que não sobra para nada, o médico garantiu que sem as amídalas os problemas desaparecem e ainda ofereceu abatimento, quatro cirurgias pelo preço de três, é pegar ou largar.

O hospital tem cheiro de injeção que embrulha o estômago, peço água e recusam, logo entraremos na sala de operações, mas quero fazer xixi, pura mentira, no banheiro bebo da torneira junto com minha irmã, tem micróbio e não pode, mas a tranqueira que comemos entalou, pior é o medo da minha mãe, se descobre me estrangula, onde já se viu abrir dois pacotes ao mesmo tempo e nem guardar para o lanche de sábado? Já sinto os beliscões no fundo da minha cabeça e a enfermeira me leva para a mesa de cirurgia, por sorte trocaram injeção por éter, que não arde nem dói, passam um líquido gelado no meu pescoço, que traz o gosto das bananas e dos biscoitos misturados à água cheia de micróbios, ele vem numa onda que me faz empurrar a bandeja dos instrumentos do médico, com um pouco de raiva ele me segura forte e recolocam a máscara com a anestesia enquanto engulo o vômito e a vontade de me debater. Como prêmio, o desconforto evapora e eu fico leve feito um anjo que voa em direção ao espaço até sumir dos mapas celestes.

"O que deu em você? Quase morre sufocada e ainda mata seus irmãos!"

Acordo com um travo na boca e aspiro a nicotina inconfundível da minha mãe, pelos tocos no cinzeiro ela já consumiu mais de dois maços. Na voz distingo uma vibração desconhecida, uma pontada de desespero contagiante, e só então me dou conta de que a braveza dela não tem a ver com as bolachas e sim com o tempo que passei naquele vácuo branco e fofo e adocicado como maria-mole, que adoro, deve ser assim onde ficamos esperando a hora de virar gente, um lugar que não é um lugar enquanto ainda não somos alguém, apenas uma vaga idéia na cabeça de Deus, que vai soprar a alma para dentro de um punhado de células como aprendi na aula de ciências. Passo o dia internada, aqui não tem perigo de assaltar a despensa, e quando acordo de novo já sem as amídalas que infeccionam e dão febre sou premiada com sorvete de montão, com que antes não podia nem sonhar que pegava dor de garganta e febre para chatear minha mãe, coitada.

Nem me recuperei da indigestão de sorvete de baunilha com calda de chocolate e tenho que afundar nos estudos, preciso passar na admissão do melhor ginasial de São Paulo, só a nata da sociedade estuda lá e como somos de fora, meu pai diz, sem parentes com influência aqui nem nada, é necessário fazer das tripas coração para se aproximar de gente do nível mais alto, senão ficamos caipiras como nossos primos, que no fundo são meio atrasados, ainda bem que mudamos para São Paulo, onde ganhamos novos amigos, meu pai não se cansa de repetir.

Não sei direito o que essas coisas significam, mas acho que é esconder de onde viemos, sem parecer capiau da roça, para isso meu pai se mata de trabalhar, assim tento prestar atenção nas aulas de matemática com ele aos sábados e domingos por quatro horas seguidas, até minha cabeça dar nó, confundir números, errar nas contas e ele ameaçar com cintadas, eu devia dar graças a Deus pelo pai disposto a investir a folga em aulas para a filha, ele não vai ficar gastando o latim à toa.

Numa das raríssimas vezes em que se coloca do meu lado, minha mãe arrisca um palpite, talvez eu esteja com fome, ele responde que é bem capaz, a raça da família dela tem disso quando não se alimenta direito, ele fala e eu corro para a copa, evito beliscões ou cintadas de montão, que nesta altura acho melhor, apesar de doer não deixa roxos, que escondo sob as mangas mesmo no calor senão as meninas caçoam de mim, a mãe dela é doente dos nervos, no tom exato para eu escutar mesmo sem querer, como no casamento do meu primo na cidadezinha cercada de montanhas famosa por causa do português apaixonado por uma escrava, o amor não vê tipo de cabelo, cor dos olhos nem nada, ele nunca dava ouvidos às fofocas sobre as maldades que ela praticava de ciúmes, estremeço ao lembrar os casos horrorosos que minha mãe contou, como queria andar de navio e lá não tem mar, os mineiros têm que ir a Guarapari nas férias, coitados, ela mandou escavar um lago imenso de puro capricho e infestou de piranhas para devorar devagarzinho, naco por naco, as mulheres que ousavam olhar para o marido, mesmo se fossem lindas e loiras cacheadas e tudo.

Ficamos no melhor hotel do lugar, que só tem um mesmo, meu pai embatuca ao pagar a conta, hospedagem era obrigação dos parentes da noiva, que também não tem o mesmo nível do meu primo mas não está esperando neném nem nada, eu e um bando de primas ocupamos um quarto conjugado ao do meu pai e da minha mãe, contamos piadas, rimos e fazemos barulho em vez de dormir, alta madrugada minha mãe perde o controle, esmurra a porta e aos berros nos manda parar de berrar que assim vão pensar que somos favelados e nem estudamos nos melhores colégios de São Paulo. Minhas primas gozam que minha mãe fugiu do hospício, eu e minha irmã partimos aos tapas para cima delas, que revidam, minha mãe torna a gritar, a zoeira aumenta e só não acorda todos os hóspedes nem traz a polícia porque, assustado com a balbúrdia, meu irmãozinho, que não desgruda de mim, põe a mão no peito, conta as batidas e com cara de pavor e voz de emergência pede um médico pois está com palpitação, ele aprende fácil e grava tudo o que escuta, é esperto porque nasceu apesar da falta de vontade da minha mãe, que não desejava aquela criança mas Nosso Senhor deu assim mesmo, escapou de ficar como o filho da vizinha que tomou remédio importado e foi um deus-nos-acuda, o menino não tinha braços, nem pernas, nem nada, sobreviveu ao cordão umbilical enrolado no pescoço, à morte-no-berço, muito comum em bebê prematuro como ele, ao tombo escada abaixo no voador, ficou desacordado um tempão por mais que jogássemos água fria como fizemos com a cachorra atropelada, não teve babá nem os cuidados da minha mãe, Exausta da peleja de criar a filharada, de tanto antibiótico seguido antes de tirar as amídalas ficou com ossos fracos que quebram à toa e dentes escurecidos que em compensação são tortos para usar aparelho e me matar de inveja, por isso é mais esperto que os outros da sua idade, vira e mexe pega meio mundo desprevenido, inclusive eu, que já devia estar acostumada com os exageros sem cabimento dele, coitado.

Feliz pelo intervalo providencial no estudo, devoro a goiabada-cascão com queijo e as nuvens cinzentas desaparecem, o sol ilumina minha inteligência, que brilha forte para espanto do meu pai, a partir deste dia as aulas ganham um intervalo para merenda, as explicações ficam fáceis de entender e os exercícios quase não contêm erros. Assim mesmo prefiro mil vezes as aulas de redação com minha mãe, um dia ainda acabo escrevendo frases lindas de fazer as lágrimas aparecerem no canto do olho. Com minha mãe dá gosto pegar uma folha em branco e deixar as letras escorrerem dos dedos até inundar o papel com sugestões que fazem a história crescer feito massa de bolo com fermento, um toque de leve e, zás, tudo aumenta e se transforma, o pretinho que escapa de ser carroceiro para se tornar o maior jogador de futebol do planeta, como é que não tinha pensado nisso antes, se não tivesse filhos, casa e marido que a deixam sempre Ocupada, bem que podia ser Escritora, talento não lhe falta, amor pelos livros também não, basta lembrar como enfrentou o guarda rodoviário por causa de um romance, sem falar da vez em que defendeu o marido da prima que tem um Filho-Único de mãe viúva, ela implicava com o exagero de entupir a biblioteca sem precisão, minha mãe falou que para um juiz como ele cada volume equivalia a um instrumento para o médico-cirurgião, que ela mesma nunca vai ser porque é mulher, se pudesse voltar atrás nem teria se casado para se encher de menino, que só dá canseira e nunca reconhece o sacrifício de uma mãe, ela repete e agora eu concordo, coitada.

Pensando no desperdício que é minha mãe jeitosa para tudo, redigir ou fazer maravilhas com as mãos, o que ela toca fica primoroso, pinta cascas de ovo de galinha que antes furou para tirar a gema e a clara, lavar bem lavado senão apodrece e fede, nós ganhamos de presente junto com o ovinho pequeno-médio na Páscoa, transforma folha seca em enfeite de mesa no Natal, pedrinhas soltas compradas na Vinte e Cinco de Março viram pulseiras, brincos, colares e sandálias, mas trabalha no fundo do quintal sem nenhum reconhecimento, filho não dá sossego e empregada menos ainda, decido então que nunca vou casar, mas não comento, já cansaram de dizer que mulher solteirona não é feliz, o jeito é se conformar por não ter nascido homem, que não devia cometer a burrada de arranjar família, sai com quem quiser e faz o que dá na telha, para eles não é Imoral ter namoradas, ao contrário de mulher, que vira aquilo começando com P e é pecado pensar, quanto mais escrever...

De um jeito ou de outro tenho que passar no exame, fazer o científico e entrar numa faculdade, meu pai sempre diz que é melhor prevenir do que remediar, não acho pecado querer um salário, até minha professora de catecismo cobra pelas aulas, não é porque trabalha fora feito a mãe da minha amiga que obrigatoriamente vira Imoral, fui na casa dela e vi, na cama larga dorme a filha menor e não os amantes que toda mulher desquitada tem aos montões como minha mãe garante. Além de tudo não posso decepcionar meu pai, ele repete que sou a mais inteligente da família, pena ter nascido mulher, um desperdício, se fosse homem ganharia rios de dinheiro e ficaria importante, pelo menos não sou burrinha igual minha irmã, coitada, que tenta e não consegue progredir, por isso abro caminho nesta selva para ela seguir meus rastros, ele fala e repete. Redobro os esforços para compensar ter nascido menina, se entrar na faculdade para-se-um-dia-tiver-a-fatalidade-de-precisar-trabalhar não acabo como minha mãe, dá aula de corte e costura, fabrica bijuterias, cuida das empregadas que cuidam dos filhos e ninguém reconhece o valor.

Como recompensa entro na escola-da-nata-da-sociedade como segunda colocada, atrás da menina de cabelos loiros e olhos azuis, Deus prefere as claras, sendo Ele próprio loiro, como está mais do que provado em todas as imagens nas igrejas e nas bíblias existentes. Com minha mãe compro o uniforme de faixa na cintura que indica a série, aguardo o início das aulas para conviver com gente de quem jamais poderia chegar perto, as alunas são ricas e formam a nata da nata da nata, de tanto meu pai repetir já aprendi direitinho.

44

A escola é tão grande que me sinto ainda menor no meio de estranhos como nunca tinha visto, horário integral, comida no refeitório, recreio longo demais, o buraco na parede onde cada uma de nós guarda o material escolar. Perdida em meio a tanta novidade não tenho a resposta na ponta da língua quando me perguntam se gosto do colégio, o lógico seria dizer "estou adorando", pareço mal-agradecida por não dar valor a uma oportunidade destas, experimento uma pontada de culpa, assim mesmo não consigo mentir e fico sem jeito, esconder a verdade também é pecado.

Aqui tudo é diferente, depois de agradecer pela refeição que muitos não têm nem um pedaço de pão velho, coitados, almoço em mesas compridas com completos desconhecidos, mesmo me esforçando não sai conversa, o arroz com feijão mal desce pela garganta, o sabor não é igual ao da nossa empregada, que capricha todo dia como se tivesse visita-de-cerimônia, por isso quando não raspamos até o fim meu pai dá cabo dos restinhos dos pratos que é pecado sobrar. Tampouco me acostumo a fazer lição na hora de estudo chamada "permanência", para mim dever de casa é em casa, e no recreio cochicham soltando risadinhas que antes achava gozado mas não agora, descubro que estão rindo de mim, deve ser por causa do meu cabelo escuro e pele morena, embora fiquem amigas das filhas da cozinheira da escola, bem preta, decerto é por caridade pois além de tudo vestem uniformes que as mães das alunas ricas dão depois de desbotados, coitadas.

A semana demora a acabar, quarta-feira é melhor, saímos antes do almoço mas temos aula aos sábados, que é para repor a tarde de folga. O mais duro de tudo é levantar cedinho, vestir roupa gelada, empurrar garganta abaixo o café com leite açucarado e segurar a vontade de vomitar espremida no Karmann Ghia vermelho do rodízio do pai de uma colega, ele acha que é boy e em vez de automóvel normal comprou um que mal acomoda quatro passageiros, que dirá sete meninas, temos que agüentar, minha mãe não vai se dar ao luxo de me levar todo santo dia, uma vez só já é uma mão-de-obra, quando tiver filhos vou ver o que é bom para a tosse.

Concentro no objetivo único de fazer amizades, para isso meu pai paga um dinheirão, ensino é tudo igual, o importante são os relacionamentos para abrir portas no futuro, não entendo direito, mas o suficiente para ver que fiz tudo errado, nem sonho em contar que fiquei amiga justo da menina que não pertence à nata da nata da nata e é igual a mim, com casa sem piscina nem salão de festa no fundo onde termina o gramado verdinho, não conhece Paris nem tem chofer que leva e traz no carro importado para deixar a mãe com tempo livre não para reformar roupas velhas mas para ir ao cabeleireiro e ao clube durante a semana, o que minha mãe nunca faz porque está Ocupada para passar os dias fofocando, ela diz com uma ponta de inveja que eu percebo por mais que disfarce.

Minhas amigas do mesmo nível que eu conversam sem gozar da minha saia comprida demais, minha mãe acha que não pode mostrar as coxas na escola, afinal lá também tem homem, o jardineiro e o porteiro, no matagal que cerca o colégio no meio do Nada é capaz de haver tarados, se vêem uma menina vestida de jeito impróprio acabam fazendo maldade e depois nem adianta lamentar que a culpa foi minha de parecer vadia, só no clube dá para ir de perna de fora, lá todos têm o mesmo nível e até mulher de respeito usa short, nem precisa ser desquitada como muitas que estão ficando sócias, um péssimo exemplo para as filhas dos outros, minha mãe repete.

Para não decepcionar meu pai, tento fazer amizade na roda que caçoa de mim, antes fico de mal com as antigas amigas, as mães delas não ficam perguntando quando vão ser convidadas para as festas de sábado a que nunca vou, vejo a distribuição dos convites no começo da semana e não consigo nenhum, elas nem me enxergam, ainda mais depois que escolhi amigas erradas e nem tentei me aproximar como devia ter feito de início. Pego emprestado o convite da menina que passou em primeiro lugar, é aceita porque é superinteligente e explica o que mais ninguém entende, ela ajuda todo mundo feito se fosse professora e não uma simples colega. O envelope brilha nas minhas mãos, tremo de emoção e retiro o cartão impresso, as letras douradas refletem a luz que entra pelos janelões da classe, por um momento sonho que ele é meu, penso no vestido longo que minha mãe vai costurar para eu não fazer feio, percebo o orgulho no rosto do meu pai, ele vai pegar o carro tinindo depois de lavado no maior capricho no jardim junto à cerca viva infestada de lacerdinhas, não o Opel, que caiu de moda e é reservado para o batente do dia-a-dia, e sim o Galaxie dourado pago a prestações a perder de vista para não dar vexame, meu pai me leva e busca de bom grado, faz questão de ir pessoalmente, até se arruma, nem deixa o pijama debaixo da roupa como em outras ocasiões, quem sabe será convidado a conhecer os pais da aniversariante podre de rica e de muito bom gosto, também pudera, a casa dela é de decorador, que embeleza as salas e quartos de quem não tem paciência para escolher os próprios móveis e enfeites mas pode pagar um dinheirão para isso, tem dinheiro de sobra, ao contrário de nós, que não temos um vintém para trocar o tecido furado do jogo de sofá da minha avó, menos ainda para pagar decorador ou arquiteto, um luxo para a nata da nata que um dia, se fizer tudo como ele me ensinou, vou conseguir virar.

"Devolve o convite!", a voz corta meu pensamento, as letras embaçam e fecho o envelope, onde leio o nome dela e não o meu, nesta hora faço uma promessa, se conseguir ser convidada nunca mais como chocolate, que adoro, e ainda por cima rezo tantas Ave-Marias e Pai-Nossos que Deus até ficaria enjoado não fosse Ele Todo-Poderoso e vomitasse que nem eu.

45

Fixo a vista nas páginas que finjo ler, as sílabas se confundem com os sons atrás de mim, apuro o ouvido para escutar.

— Aposto que não tem coragem de colocar minhocas na bolsa da professora.

— Claro que tenho. Larga de ser besta!

Meu coração dispara de raiva e pena da professora boazinha que elas azucrinam só porque é boazinha, como podem fazer tanta maldade sem medo de ser castigadas, não sentem remorso nem imaginam que é pecado, os pontos negativos vão se somando no caderninho onde o Anjo-Assistente anota cada ação boa e má, depois nem com todo o arrependimento e milhões de Salve-Rainhas, Ave-Marias-rogais-por-nós e Pai-Nossos-que-estais-no-Céu-Deus-perdoai, acabam no Inferno sem direito a passagem pelo Purgatório. Se conto elas levam bronca, mas não ficam sábado à tarde de castigo como o restante de nós, porque os pais são caridosos, dão um monte de dinheiro para as freiras ajudarem os pobres, sem falar na mensalidade, que custa os olhos da cara e eles nem reclamam como meu pai, que faz o maior sacrifício e nem consigo ser convidada para uma mísera festa de aniversário, quem sabe elas têm uma contabilidade diferente da minha com Nosso Senhor e por isso nem ligam na hora de fazer malvadeza?

Só não entendo como algumas meninas que não são loiras de olhos azuis nem podres de ricas viram o xodó do grupo da nata da nata da nata, parecem bichinho de estimação, freqüentam as mansões e até passam fim de semana na fazenda ou no apartamento do Guarujá, que nem nos meus mais loucos sonhos sou capaz de desejar, para mim um baile seria o máximo, ficaria em dívida com Deus para o resto da minha existência, fosse ela longa ou curta, caso morresse não de velhice mas de tiro de ladrão ou desastre, que ninguém está livre, minha mãe nunca se cansa de repetir.

Tento me concentrar nas letras de fôrma, estou sozinha no recreio que não termina, sem ninguém com quem conversar depois de brigar com minhas amigas para chegar perto das meninas da nata da nata da nata, mas elas nem ligam, continuam olhando para mim com mistura de pena e desprezo que dói na alma, uma dor embolada com raiva, por isso depois do almoço corro para a biblioteca, um livro é uma companhia e ninguém percebe que estou largada, vão pensar que fico sozinha por livre escolha, que dispenso o papo furado das meninas do meu nível e de nível mais alto também.

Quando esqueço a tristeza e presto atenção na história, desapareço dali e torno a ressurgir ao longe, de repente entro num mundo que nem suspeitava existir, subo no pé de laranja-lima que trava a garganta e encharca a alma, viro o pássaro dos meus sonhos e sobrevôo cidades, países, continentes, visito casas, palácios e tomo parte de banquetes e recepções sem convite, consigo até espiar dentro da alma de estranhos, conhecer os segredos mais íntimos, ler pensamentos e adivinhar vontades como se eu fosse o próprio Deus em carne e osso, tivesse Ele um corpo como o nosso. Dali a instantes a sineta toca e levo um susto, nem percebi o tempo passar, dia após dia, em vez de tremer e suar frio, espero ansiosa pelo recreio, para abrir aquelas páginas e mergulhar esquecida de mim e da minha insignificância, é como se não houvesse escola, a nata da nata da nata, amigas legais que dispensei nem festas para as quais nunca sou convidada.

"Olha a sabida da escola!...", elas apontam para mim e incho de orgulho, afinal me notaram, não sou mais um ser invisível lembrado só na hora de não receber convite. Acham que sei umas coisinhas graças às boas notas que tiro porque não tenho mais nada para fazer a não ser estudar, ajuda a preencher o vazio das horas, faz os minutos passarem depressa e a falta de amigos doer menos, assim aproveito e proponho uma apresentação para o festival da escola. Por milagre elas concordam, monto uma peça inspirada no *Big Valley*, feito num sonho me escutam como se eu fosse alguém, enfeitam as paredes e trazem móveis para o cenário, vestem as botas e chicotes e chapéus que trago de casa na mala redonda forrada de etiquetas dos hotéis Americanos onde meu pai e minha mãe se hospedaram nos Estados Unidos, não me contenho de alegria, um pouquinho mais e estouro, só desejo que os relógios do universo inteiro quebrem para o tempo congelar e ficarmos assim para sempre, eu dando as instruções e elas me ouvindo e obedecendo, uma pontada de enjôo me faz vomitar, tanta felicidade não cabe no meu estômago, ela transborda para dentro da privada, o que fiz para merecer tamanha dádiva?

Não ganhamos o prêmio principal, que vai para *Romeu e Julieta*, feita pela menina de olhos de jabuticaba gorducha demais para mocinha, é pura injustiça, estou condenada ao segundo lugar pela eternidade, foi assim desde o exame de admissão, não sei como podem ficar contentes.

"Parabéns, nem parecia você!", elas me elogiam e torno a inchar, as lágrimas surgem como se tivessem vontade própria, rolam pelo rosto apesar de mim, por sorte pensam que choro por causa do resultado, não sabem que é de emoção por gostarem um pouquinho da pessoa que virei ainda que só por alguns dias de ensaio, pena que a vida não seja uma imensa peça de teatro, nunca mais seria eu mesma e todas me tratariam bem apesar de não ter cabelos loiros nem olhos azuis nem nada.

De tão contente desisto de pedir para meu pai me tirar da escola, a mal-agradecida mudou de idéia, afinal criou juízo e resolveu fazer um esforço para se adaptar, antes tarde do que nunca, onde já se viu jogar pela janela uma oportunidade destas, Deus dá nozes para quem não tem dentes... Assim nem conto que vomito todo dia, não consigo dormir, disfarço a febre porque não posso desperdiçar a chance de ser gostada, se fico de cama me esquecem e tudo volta a ser como antes.

"Ih, acho melhor a gente andar, o ambiente fedeu...",

diz uma delas, enquanto a outra completa o milagre às avessas, aquele em que os peixes somem da panela em vez de se multiplicarem: "Se manca, não sabe que o festival acabou?". E viram as costas às gargalhadas, lá adiante se voltam para me ver chorando, o som das risadas aumenta e corro até o banheiro para vomitar minha decepção comigo mesma, ela espirra para fora da privada e gruda nos cabelos e na alma, a febre desta vez não vem acompanhada de dor de garganta, se morresse agora nem seria ruim, quem deixou fugir algo precioso não é digno de viver, razão tem minha mãe, estava demorando para eu ficar doente e dar um trabalhão sem motivo algum, o médico não encontra ponto de pus, nem poderia, retiraram as amídalas na operação com abatimento imperdível, quatro pelo preço de três, que mal fez para ter uma filha que fica impressionada e adoece por qualquer coisinha à-toa?

46

Não sei se a Madre Superiora passou sermão, mas elas me olham de outra maneira quando retorno ao colégio encabulada, com três quilos a menos, meu uniforme dança como se fosse roupa velha que deram porque não cabia mais na dona, que nem as filhas da cozinheira, pobre não liga se o defunto era maior, a cavalo dado não se olha o dente.

Quando toca o sino corro para a biblioteca, já sentia falta das lombadas coloridas que recheiam as prateleiras, nem tinha me dado conta de que gostava tanto daqui, demoro a encontrar um livro que ainda não tenha pegado, para isso servem as horas solitárias, os parágrafos preenchem os espaços vazios de amigos, no princípio eles serviam só para diminuir a pena de mim mesma, com o passar dos meses viraram meus amigos, quase os prefiro às pessoas, exigem apenas um pouco de atenção e dão de presente uma coisa que ainda não sei definir direito, é quente e vem das profundezas, igual a cabana com lareira acesa para quem está perdido na mata úmida, se multiplicar o número de palavras pelo tempo de leitura encontro a medida exata da minha solidão.

Agora não preciso mais das meninas que são a nata da nata da nata, mas elas me espiam feito se eu tivesse ressuscitado, parecem cochichar no meu ouvido, venha cá, tente de novo, quem sabe desta vez você consegue? Com hesitação e dó largo o livro num canto, ele tem esse lado bom, estará à minha espera quando eu voltar, arrumo os cabelos presos no rabo-de-cavalo e levanto para acompanhá-las, colho o crédito por não ter contado sobre as minhocas, elas agora me levam para praticar outras maldades, se não topo nunca terei outra chance, também é pecado de soberba recusar a mão caridosa que estendem, principalmente se vem de gente de nível superior ao seu.

Ainda tonta e abobalhada, saboreio a bênção de ter sido Aceita, agora faço parte do círculo com o qual meu pai sonhou, o dinheiro dele não foi para o ralo, ensino é igual até em escola pública, aqui o que interessa são as relações. Martelo essas frases na cabeça e prometo que não deixo o momento passar, dou gargalhadas estridentes por qualquer coisa, banco a esperta, tiro vantagem e gozo das colegas de fora da nossa roda, respondo malcriada à professora, dobro a saia sobre o cós para encurtar, solto os cabelos, piso sobre o calcanhar do tênis, encho os braços de pulseiras apesar de proibidas na aula de ginástica, o bom é falar mal dos outros dando risadas que perturbam as classes lá em cima, me sinto o máximo ao usar palavrão, a princípio baixinho, como se temesse ser escutada, depois a plenos pulmões, até os anjos ouvem, mas nem me preocupo se é pecado, afinal estou entre as melhores, somos a nata da nata da nata e ninguém pode conosco.

Como um príncipe que derrotou o exército inimigo para salvar a princesa, caminho toda metida com a nova turma, ainda não compreendo por que resolveram me incluir, piso em ovos para não fazer nada errado e dou provas da minha submissão a cada pequeno gesto. A Madre Superiora então passa perto de nós mostrando a escola a pais de futuras alunas, não hesito e grito MERDA com toda a força do mundo, até os passarinhos fogem das árvores batendo as asas, flop, flap, flop.

O palavrão ressoa no ar, flutua ao vento, vibra como se estivesse pendurado num varal invisível, ele explode em milhões de pedacinhos e fica aparecendo e sumindo, pulsando com vida, dá a impressão de que Deus soprou nele como fez no barro do qual saiu Adão, que depois perdeu uma costela para ganhar mulher e começarem seus problemas, o universo lucraria mais sem elas, pena que não nasci menino, seria alguém importante e poderia até virar presidente da República.

Em vez de ficar furiosa como eu supunha, a Madre me olha com expressão de desamparo, ela faz o possível, passa sermão todo recreio, reza à noite, sofre e se martiriza, mas não consegue mudar a atitude dessa nata da nata da nata, leio no rosto dela que está mais Cansada do que minha mãe, o dela é um cansaço do mundo, um enjôo sem vômito, a decepção de quem chegou ao fim do caminho para ver que ali não havia nada de nada, aliás, nunca houve, coitada.

A merda cai em cima de mim e pesa mil toneladas, nem adianta as meninas sorrirem em sinal de aprovação, tenho medo que a Madre desista por minha causa, a vontade é correr a abraçá-la, me perdoe, fui tão burra, vou pagar pelo pecado, fique tranqüila, Deus sempre me castiga. Só que minhas pernas não se movem, grudo no chão como as figurinhas que meu irmão prega no álbum com cola feita de maisena e água, cola branca custa caro e usamos apenas na escola ou nos documentos do escritório do meu pai, de onde sai o dinheiro suado para nos sustentar, pagar o colégio onde só agora começo a fazer as amizades certas que um dia serão da maior serventia.

Recuo assustada, onde estava com o juízo, não foi isso que aprendi nas aulas de catecismo, será que tenho que mudar tanto para pertencer ao grupo de meninas loiras de olhos azuis? Nesse instante, como um relâmpago que risca o céu, pronto para desabar sobre a terra para lavar nossos pecados, haja água para acabar com tanta maldade, só a minha parte já dava para encher uma piscina maior que a do clube, nesse momento então compreendo. Entendo tão bem que dói e machuca e tudo, as meninas loiras de olhos azuis ali na minha frente, sendo que nem todas têm cabelos loiros e olhos azuis, algumas são até morenas de olhos negros feito jabuticaba madura, é claro que não chegam a ser pretas como as filhas da cozinheira que-nem-pai-devem-ter, mas definitivamente não são loiras por fora e sim por dentro, como eu não tinha percebido isso antes?

Um sopro gelado me sacode, as dobras do cós se desfazem por encanto, a barra da saia volta a encobrir os joelhos e eu nem ligo, não ligo porque descobri que nunca vou ser igual a elas, por mais que faça desaforos às professoras, dê gargalhadas no corredor diante das classes onde estão fazendo prova, cochiche maldades e fale mal das meninas normais, nunca vou ficar como elas, o essencial é invisível aos olhos, mas com um pouco de treino a gente consegue ver por debaixo da pele, e o que vejo é muito simples, claro e iluminado, algumas delas podem até ser morenas, mas todas têm a Alma Loira de Olhos Azuis. Lá dentro, onde a vista não alcança, é assim que são, e quem não enxerga de algum modo vê, Deus sendo deles o Primeiro.

Agora sei por que não têm medo Dele, os pais ricos e caridosos dão esmolas magníficas à Santa Madre Igreja, não é justo castigar meninas assim, elas sabem bem sabido que jamais serão punidas, têm o caminho livre direto para o Céu e a absolvição prévia garantida desde o dia em que vieram ao mundo, não precisam se penitenciar nem se arrepender de nada, de vez em quando até se confessam, é aconselhável fazer uma média, mas não de verdade porque no fundo é Deus que está em débito com elas e os pais delas, não há medida para o que podem fazer sem pedir perdão, diferente de mim, que vim ao mundo para dar conta de cada ação como meus irmãos em delito eterno, culpa do meu pai e da minha mãe, que não nos fizeram com a Alma Loira como muitas das meninas que por fora às vezes até têm olhos e cabelos castanhos, só nunca vi preto com alma clara, os que conheço nasceram com uma dívida ainda maior que a minha, os pais são lixeiros ou varredores de rua que pagam por cada coisinha à-toa, se fizessem metade do que a nata da nata da nata faz, já estariam atrás das grades ou queimando no Inferno sem direito nem a uma passagem pelo Purgatório, coitados.

47

Afinal aceito meus limites, sei que jamais terei Alma Loira de Olhos Azuis, Deus é assim, de propósito fez loiro e moreno, rico e pobre, inteligente e burro, eu devia ter adivinhado quando o dentista garantiu que nunca ia usar aparelho ou no dia em que nem duas permanentes seguidas conseguiram cachear meus cabelos, eles escorreram pelos ombros apesar do tempo e do dinheiro que minha mãe gastou comigo de tanto eu implorar, imagine então tingir a alma de outra cor, ainda mais sendo ela invisível e tudo, desventurados são os meninos do arraial da fazenda da minha tia, encardidos e fedorentos que nunca tomam banho, têm as pernas tortas por causa de uma doença chamada sífilis, remela no nariz e as carinhas infestadas de moscas-varejeiras, de tão acostumados nem se dão o trabalho de enxotar, não vão à escola e vão virar mendigos, coitados, nem com muito esforço conseguirão progredir, prova disso é que nunca vi preto no clube, onde agora já entra até mulher desquitada, também não tem na igreja como padre ou coroinha, no máximo na saída, pedindo esmola, respiro duplamente aliviada, é melhor se adaptar ao devido lugar, mesmo se não for entre a nata da nata da nata.

Como ofendi a Deus por achar que poderia mudar a ordem natural das coisas, agora me dedico a Ele de corpo e alma, viro freira quando crescer, se não entrar no convento morro solteirona, não conto para ninguém, minha mãe descobre e fica possessa, onde já se viu mulher sem marido e filhos para virar uma desocupada? Enquanto isso, persigo uma vida livre de pecados, duro será imitar Jesus Cristo a cada momento do dia-a-dia, perguntar o que Ele faria, não sei como não tinha pensado nisso, é a solução para o globo terrestre livre de assaltantes, de pobres e de mulheres desquitadas e Imorais, nem pretinhos descalços de pernas tortas ia ter, só uma minoria de meninas com Alma Loira, elas não fazem parte do rebanho normal e, mesmo fazendo as piores maldades, vão para o Céu do mesmo jeito, são os mistérios insondáveis de Nosso Senhor, minha professora de catecismo tinha dito, ou você acredita ou então não tem fé e está mais perdido do que pensava.

Chego em casa decidida a seguir os ensinamentos ao pé da letra, minha mãe me olha e pergunta se estou com febre, põe a mão na minha testa e num passe de mágica o mal-estar some, deve ser o primeiro milagre de uma série que vai começar. No jantar nem brigo pela última fatia de pudim, atenciosa ofereço ao meu irmão o prato como Cristo na última ceia, os apóstolos mal pediam e Ele já passava o sal, a salada que não eram obrigados a comer feito nós mas fingiam que gostavam para não ofender o Filho de Deus, o pão cortadinho em fatias sem usar faca porque Ele tudo pode, além da carne picada com cebola e um monte de fruta de sobremesa, doce era bom e eles precisavam fazer sacrifício em lugar de alimentar os pecados da gula, coitados. Desconfiado, nem bem nos levantamos e meu irmão me provoca:

— Você acha que tem o rei na barriga?

— De certa forma, tenho... — respondo, pensando Nele, que é o Rei dos reis, mas um tapa desperta uma raiva maior do que a decisão de seguir os passos divinos, em vez de me perguntar o que Ele faria agora, parto para cima do meu irmão e arranco dele um tufo de cabelos, bem feito, aprende a não mexer comigo, num instante caio em mim, é tarde demais, a tentativa não durou meia missa, bem que Ele podia nos ter construído mais pacientes, esses defeitos de fabricação não são culpa nossa, se caprichasse nada disso acontecia, Ele não seria pregado na cruz com cravos enferrujados de tétano, por outro lado não haveria pecadores a acender velas, pais fazendo doações fabulosas para construir igrejas em Sua homenagem e no fim nem compensava existir padre, freira, convento nem orações, o que prova o quanto Ele é sábio e escreve certo por linhas tortas...

Com esses pensamentos sossego, a perfeição é um dom que demora alcançar, tem gente que passa a vida atrás dela e nunca consegue, se fosse fácil todo mundo fazia e nem somava ponto na contabilidade Céu-Inferno com o Purgatório no meio do caminho para quem estivesse com os pratos da balança equilibrados, nem mais pra lá nem mais pra cá. Ligo o chuveiro na água fria, a penitência vai empatar a briga com meu irmão, uma coisa rebate a outra, é como dar um passo para trás e um para a frente, recomeço do zero e encolho sob o jato gelado que me faz tremer da cabeça aos pés, no tempo Dele nem água encanada havia, era assim todo santo dia, mal me lavo e me enrolo na toalha que não consegue driblar o gelo deste inverno fora do normal, se fico doente meus esforços vão para o ralo, não faz parte dos meus planos causar problemas à minha mãe, criança é um pesadelo, se graças à cirurgia não inflama a garganta inventa outro jeito de cair doente, substitui amidalite por sinusite ou laringite, parece que faz de propósito, bem que podiam ter avisado que filho era tanto aborrecimento, um touro a domar na unha, se soubesse nem se casava, mesmo sabendo que destino de mulher é cuidar de marido e filhos, que são um suplício, coitada.

Visto o pijama de flanela que pinica e coça, sento na privada e, sem querer, me pergunto se Cristo também fazia xixi, decerto ficava de pé como meus irmãos, só que num buraco, na Galiléia não tinha desses luxos, menos ainda na choupana dele, pobrezinha de dar dó, comia com as mãos na tigela de barro as refeições que Nossa Senhora preparava no fogão a lenha e dormia na esteira no chão duro feito o Frei, que me abraça apertando meu corpo contra o dele até eu me sentir esquisita entre as pernas e gritar para ele me soltar, quando dava vontade no meio da noite fria como a de hoje tinha que abrir a porta de madeira que o pai carpinteiro fez na própria oficina, encarar o vento que às vezes soprava bem na horinha e o líquido que saía Dele molhava os pés santos de andarilho que logo seriam furados por pregos enferrujados de micróbios justo numa época em que não existia antibiótico nem nada, Coitado, ainda bem que tem o xixi sagrado, assim já benze o corpo para o momento da ressurreição, amém.

Mais que depressa faço o sinal-da-cruz pela minha distração, onde já se viu cismar com o Pinto do Senhor, sei que foi humano com partes da vergonha que não eram tão horrendas e pavorosas e tudo como as do zelador da academia vizinha, mas não se deve pensar nelas, mesmo sendo abençoado o tufo de pêlos que crescia bem ali, parecendo o chumaço de cabelos que arranquei do meu irmão, bunda Cristo também tinha, nem por isso chamava bunda e sim nádegas, mais apropriado a um Filho de Deus, por ter nascido do Espírito Santo e não de mãe humana decerto não tinha umbigo, pomba não precisa disso para alimentar o neném no útero, mesmo porque pomba nem útero deve ter, coitada. Sem conseguir me controlar, fico imaginando como Ele fazia sem escova e pasta, os dentes apodreceriam não fosse Ele quem foi, os cabelos nem se fala, desgrenhados e cheios de piolho por falta d'água, muito rara no deserto e que de nada serviria sem xampu ou creme rinse para desembaraçar a verdadeira juba até os ombros como era moda naquele tempo, sorte Dele não viver hoje, seria facilmente confundido com bandido, acabava numa prisão sem ninguém suspeitar que lá mofava o Salvador em carne e osso, o essencial é invisível aos olhos, aí está o exemplo das meninas de Alma Loira e cabelos castanhos, nesses casos até os óculos pouca serventia têm, as coisas importantes ficam lá no fundo, fora do alcance da vista.

Outra tremedeira me sacode, não dá mais para fingir que não estou com a garganta em fogo, Ele decerto esconderia da Santíssima Mãe, se a minha anda sobrecarregada imagina a Dele, tento disfarçar, mas mentir é pecado, se piora o caldo entorna, termino sem saída, nunca pensei que imitar Seus passos fosse tão impossível, viro e remexo na cama, a vida é um quebra-cabeça como nunca imaginei, se Ele fez isto de propósito então foi pura maldade, tais pensamentos me assustam, por que moldar pretinhos de pernas tortas e remela se podia fazê-los loiros de olhos azuis com o mesmo gesto, bastava trocar a cor do sopro, como é possível que não tenham nada, nem sequer açúcar ou cama de lençóis cheirosos de anil, que não existe nada melhor para sonhar, vivem feito Cristo na Galiléia, dos pobrezinhos será o Reino dos Céus, mas enquanto não chega a hora são obrigados a pedir esmola e comer restos que até cachorro recusaria, coitados.

Incho de pena deles, de mim, do Filho grudado na cruz que nem fazer xixi podia, já pensou se fica apertado lá em cima, sempre acontece nas horas mais inconvenientes, não dá para agüentar, o jeito é pedir, com licença, centurião romano, faz o favor de me despregar por um instantezinho, preciso ir atrás da moita, ou então traga um penico, abra esta espécie de fralda e segure o Santo Pinto, seu comandante-em-chefe não vai gostar de saber que, por culpa dele, dei o vexame de me molhar diante do mundo inteiro, imagina se o que digo é verdade, se sou mesmo Rei dos reis e não um doido varrido como está cheio deles por aí, nem outro judeu rebelde a protestar contra a humilhação do meu povo, com que cara ficará o general responsável por eu aparecer nos livros de religião e nas gravuras e nas igrejas e nas imagens e em tudo o que vai surgir aos montões daqui para a frente, encharcado de xixi, que desce pelas pernas, arde e piora a infecção dos cravos enferrujando nos meus pés, por todos os séculos dos séculos, *saeculorum*, amém, já pensou?

48

Fecho o livro em estado de choque, as letras remoem na minha cabeça e caem na corrente sanguínea como veneno que causa morte lenta e dolorosa, certa estava minha mãe em proibir muitos deles, li escondido, agora é tarde, nunca mais serei a mesma, bem feito por ter desobedecido, nem adianta chorar sobre o leite derramado, as paredes que continham minha alma arrebentam e fico à deriva na imensidão do oceano, se mergulho na água turva posso jamais retornar à superfície, se fico onde estou, afogo no desencontro dos meus pensamentos. Em desespero tento reter algumas certezas entre os dedos, mas elas escorrem como a amizade das meninas que são a nata da nata da nata, nesse labirinto me perco e me acho, nem o Pai nem meu pai carregam a Verdade, essa coisa duvidosa que procuro como se dela dependesse minha vida, encontro apenas o vazio de uma sala de espera com mais perguntas do que respostas, o pior é que o médico não vai solucionar o caso, nos momentos mais importantes e aflitivos descobrimos como estamos realmente sós.

Se ninguém tem razão, nem meu pai nem o Pai, quem sabe Ele nem existe, não meu pai, bem entendido, que é bem real, tremelica o bigode quando está furioso mas aparece no meio da madrugada para acabar com os pernilongos e acender o espiral Boa-Noite, destranca a porta de mansinho, acende a luz depois de pôr os travesseiros sobre nossos olhos, meus e da minha irmã, para não atrapalhar o sono e acordarmos enfezadas, noite maldormida deixa criança pior do que fome, acabamos ranzinzas, apesar de mau humor em menino ser falta de couro, mas falo de Deus Todo-Poderoso, nos textos sagrados Ele foi criado pela imaginação dos homens para explicar fenômenos naturais, os índios tinham deuses da Chuva, do Trovão, da Terra e da Lua, uma simples aula de ciências destruía meia dúzia deles em cinqüenta minutos, difícil mesmo é matar Jesus Cristo dentro da gente, na vida real Ele foi crucificado e morreu de tétano ou hemorragia, isso a Bíblia não revela e talvez nunca descobriremos, pois aí Ele não seria Ele e sim ele, um pobre mortal com o organismo sujeito a micróbios, fosse mesmo o Filho e não o filho, nem precisava de tanto sofrimento, a não ser que no fundo quisesse que passássemos o resto da eternidade nos culpando por ter assassinado quem se dizia Salvador, o que morreu para pagar por nossos pecados, que nem existiriam se Deus nos tivesse feito com mais capricho, se é que Ele existe mesmo, agora acho que não passa de uma teoria que um dia será desvendada pelos cientistas Americanos, já nasceram com o cérebro superdesenvolvido para compreender como o universo pode estar dentro de outro maior, vão explicar como tudo sempre existiu sem ter havido um início, onde estavam todas as coisas antes delas começarem a ser criadas.

A ausência de deus complica o entendimento de um montão de idéias, algumas os livros ensinam, outras não, aquele monte de animais, por exemplo, nunca caberiam na barca de Noé, o casal de elefantes sozinho ocuparia um barco inteiro, necessitava de uma frota de caravelas, não aceito explicações fáceis só porque não tenho respostas, bom seria se na prova de matemática pudesse escrever não sei, os desígnios de Deus são insondáveis, a solução deve existir, por enquanto apenas afirmo que a equação se resolverá no futuro, quando eu morrer terei respostas para tudo, é claro que tirava um zero, se a professora não é boba por que eu tenho que ser?

Olho meu reflexo no espelho surpresa, apesar de mudar tanto por dentro continuo a mesmíssima por fora, os olhos castanhos e o cabelo escuro que, de tão liso, não prende o elástico do rabo-de-cavalo, que não faço mais porque, bem lavado e escovado, ele brilha e todo mundo elogia, inclusive as filhas da minha prima que estragou a vida casando supernova por causa do neném na barriga, elas passam horas me penteando, permaneço imóvel, de olhos fechados percebo os dedos comprimindo meu couro cabeludo, deve ser isso que os Filhos-Únicos sentem quando as mães beijam e abraçam apertado, uma felicidade tonta e preguiçosa que não é pecado e pode, perto do pixaim que tentam corrigir com touca, tratamentos e cremes que nem adianta, meu cabelo até parece loiro, emoldura o rosto de que agora começo a gostar, quem sabe o próprio Jesus era moreno e os arqueólogos não confessam para não ter que mudar todas as imagens das igrejas, dos missais e das pinturas antigas, já pensou a mão-de-obra que seria sair mundo afora retocando a cor dos olhos e dos cabelos de Cristo, é mais barato deixar do jeito que está, mesmo porque nem sei mesmo se ele existe, uma mentira compensa a outra, ladrão que rouba ladrão tem cem anos de perdão.

De tudo, o mais terrível foi descobrir que nem os próprios americanos são os anjos da guarda da humanidade, depois de dar cabo de todos os índios do Velho Oeste, incluindo o último dos moicanos, que para fazer o filme usaram um ator mesmo, obrigar os pretos, que lá são negros e não pretos como aqui, a sentar no fundo dos ônibus e proibir de casar com loiro mesmo se estiver apaixonado que o amor é cego, saem invadindo outros países para bombardear mulheres e crianças de olhos puxados nas aldeias onde jogam do helicóptero um Detefon de exterminar plantas e gente em vez de barata, ele queima pior que as chamas do circo que pegou fogo, e depois nem se dão o trabalho de mandar os bombeiros juntar aquelas montanhas de sapatos, mesmo porque os camponeses andavam descalços, nem sapatos tinham, coitados.

Apesar do vazio, do buraco num lugar que não sei direito, das certezas transformadas em dúvidas, sinto também uma espécie de leveza, de tão grande deve ser pecado, mas nem ligo, se não tem Deus não tem Inferno, o ruim é que as delícias do Paraíso desaparecem, tanto faz ser mau ou bom, do pó viemos, ao pó voltaremos, ainda assim não consigo ser malvada, talvez por não ter alma loira e ficar com pena dos pretinhos, que existem por aí aos milhões, não só na fazenda da minha tia, se não têm entrada garantida no Reino dos Céus nem precisam aceitar virar mendigo, carroceiro ou varredor e fazer filhos nas mulheres que, apesar da alma e da pele escura, podiam virar médicas e advogadas em vez de passar a vida limpando a privada da casa dos outros, coitadas.

Diante de mim tenho o abismo, deve ser isso que chamam liberdade, o medo se confunde com um sentimento esquisito, pela primeira vez sou um pouco dona de mim, o negócio é pior e melhor ao mesmo tempo, tudo se mistura enquanto tento encontrar o chão, toco o fundo e sinto apenas areia movediça, não dá para gritar por socorro, tenho que dar conta sozinha, não posso pedir para meu pai espantar os pernilongos que me azucrinam, agora sobro eu e mais ninguém para ordenar as idéias que se embaralharam feito se tivessem batido meu cérebro no liquidificador, talvez nem consiga refazer o quebra-cabeça, o enjôo desta vez não tem a ver com vontade de vomitar, é só uma dor tremenda, talvez de pura alegria, diferente do que jamais experimentei, quase insuportável de tão profunda, igual comer doce gostoso demais, sentir entre as pernas um gemido depois do sonho molhado de sem-vergonhice, ler um trecho que fica vibrando na memória, as palavras certas no ritmo exato feito música, como existe gente que escreve assim perfeito, tão bonito que na certa também é pecado, mas nem me importo, a partir de agora não rezo nem peço perdão, se não há Inferno, sorte minha, se no final ficar provado que existe, vou para lá sem chance de uma estadia no Purgatório, não é um risco calculado, é o que tenho diante de mim, pegar ou largar, ver o outro lado da moeda, não acreditar em tudo o que falam, a verdade não passa de uma grande mentira, o essencial é invisível aos olhos.

49

"Como assim, não vai à missa?", a pergunta da minha mãe pulsa de raiva, eu poderia inventar que estou mal, uma dor de barriga daquelas, a garganta arde, o nariz pinga, mas com uma voz que nem parece minha respondo que não acredito em Deus, nem nesse nem em nenhum outro, se ela aceitasse que há outros, sendo a dela a única religião que presta no universo, nunca mais vou à missa, a perplexidade da minha mãe só não é maior que a minha, onde fui arrumar tamanha ousadia? A falta de certeza tem esse lado bom, ela dá uma força que nunca suspeitei, empresta asas para voar como quando leio e visito lugares distantes sem comprar passagem de avião nem tirar passaporte, desaparecem as fronteiras que encolhem o planeta e atormentam os viajantes.

O problema é que minha mãe não dá a mão à palmatória, conta para meu pai, que liga para minha tia freira, ela consulta a Superiora, surra está fora de cogitação nesses casos, beliscões e ameaças idem, tem que usar de psicologia, ela aconselha para desaponto dele, que olha para mim como para uma estranha, onde foi que erramos, demos do bom e do melhor para receber uma desfeita dessas, sempre soube que esta menina ia dar encrenca, troca as festas pelos livros, implora para usar aparelho nos dentes sem precisão, fica impressionada à toa e tem a mania de perguntar por que o mundo tem que ser desse jeito e não de outro, sem mencionar aquela vez em que pernoitamos na beira de estrada para Belorizonte por causa do Opel quebrado e ela dormiu de baby-doll no hotelzinho de quinta categoria sem o menor discernimento, desde o começo desconfiei de um distúrbio, vai ver é retardada como o tio que bebeu garapa e estacionou nos doze anos, a família da mãe dela é cheia de gente com defeito, meu pai diz e balança a cabeça, agora entende por que não nasci homem, com essas idéias não ia virar grandes coisas, talvez acabe excomungada, a conversa renderia pano para manga mas o telefone toca naquele minuto com chamada interurbana de Belorizonte a cobrar.

"Até parece que alguém morreu...", engulo minhas palavras, só pode ser castigo, o primeiro de muitos que virão, Deus não é renegado a troco de nada, vai fazer das tripas coração para que eu volte a acreditar nele, mesmo sabendo que não vai conseguir, pois sendo onipresente e onipotente ele não só vê o futuro como fabrica ele próprio tudo o que ainda está por vir e nunca deixa uma ovelha escapar facilmente, é do feitio dele esgotar até o último recurso, não foi à toa que morreu para nos salvar dos pecados, inclusive o maior de todos, o de não acreditar nele, só creio no que vejo, pois aí está, ele esfrega nos meus olhos, agora quero saber quem é mais forte, não se esqueça que tenho o dom da vida e da morte, prova disso é que levei sua vovozinha desta para melhor, aposto que logo desiste dessa bobagem, com quem pensa que está lidando, faço isso desde a aurora dos tempos, tenho quase dois mil anos de existência e você não passa de uma pirralha.

Com o estômago revirado pela suspeita de ter causado a tragédia, apesar de supervelha minha avó morreu por minha culpa, olho por olho, dente por dente, quem com ferro fere com ferro será ferido, zonza e trêmula ajudo meu pai a fazer as malas, minha mãe chora inconsolável, perder marido ou filho ainda dá para suportar, mãe só existe uma e nada substitui o vazio que deixa, a vida não terá mais sentido, só não se mata porque é pecado, não fosse a religião agiria diferente, nem teria meu irmão menor, que nunca pediu mas Deus mandou assim mesmo e para compensar guiou suas mãos para longe do remédio da vizinha que tomou e pariu um monstrengo, por sorte morreu ao nascer, cabia dentro de uma caixa de sapatos, nem valeu a pena gastar dinheiro com o caixão branco próprio para anjinho que nem batizado foi e passará o resto da eternidade no Limbo se Deus existir mesmo, coitado.

Faço o máximo para não pensar na minha culpa exclusiva, escolho até as roupas e a maquiagem da minha mãe, que ponho na frasqueira, ela não tem condições de nada, só chora e fuma e torna a chorar, já se foram dois maços e uma caixa de papel Yes, ao menos podia economizar, não somos milionários, nunca seremos, com herança nem vale a pena contar, meu pai deu o golpe do baú vazio, mesmo se tiver alguma ação ou dividendo, primeiro meu avô teria que morrer, ele já está na corda bamba, dava uns trocados para comprar sorvete, mas era tanta mixaria que nem o palito comprava, minha avó vinha atrás e completava o dinheiro escondido para ele não perceber que estava esclerosado, ficar ainda mais triste e irritar minha avó, que já não se agüentava, as pernas doíam, os quadris machucavam, a coleção de bengalas abandonadas num canto, boas para dar para os pobres, todas menos a de castão de prata, eles não valorizam, arrancam o metal para vender e comprar comida, essa gente não tem a mínima noção das coisas, aquilo é uma obra de arte, agora serve de enfeite, sofrimento igual minha avó não desejaria ao pior inimigo.

Mal dormimos e no dia seguinte cedinho pegamos estrada com a tristeza da morte no lugar da alegria de reencontrar pessoas que adoro, apesar de tentar esconder no fundo estou um pouquinho feliz, talvez seja até pecado se Deus existir, mas vou faltar às aulas e rever os primos com quem nem poderei brincar porque eles decerto irão à escola, um dia de luto está de bom tamanho para menino que não vai ao enterro senão fica impressionado, já chega a morte dela, só faltava empatar com filho doente por cima de tudo, principalmente no caso da minha mãe, era a caçula e a mais grudada na minha avó, mas minhas tias e tios ficam perdidos, meu pai disse que eles nunca cresceram, são problemáticos e agora estão órfãos feito criancinha de colo, nem adianta ter o pai ainda vivo, ele perdeu o raciocínio e está parecido com meu tio meio retardado, coitado.

Cada um dos meus irmãos fica com um tio diferente, minha mãe não me deixa ir à casa da minha avó, mas fico sabendo que o velório, que é quando deixam a pessoa sem enterrar para ver se ela morreu mesmo, senão acorda dentro do caixão e não adianta gritar nem arranhar a tampa até as pontas dos dedos sangrarem, ninguém vai ouvir, nem Deus porque ele não existe senão não deixaria tal maldade acontecer, o velório dela é no leito de casal onde pariu treze filhos, quatro morreram de sarampo em uma semana, tingindo os cabelos dela de branco da noite para o dia, se bem que naquele tempo criança morria aos montes, não tinha vacina nem antibiótico que teria curado até o tétano de Jesus Cristo se antes não tivesse morrido de hemorragia e se existisse mesmo.

O bom de velório na própria cama é que escapa do falatório como na sala onde visitantes menos íntimos conversam alto e riem no maior desrespeito, no quarto fica só quem quer fazer companhia ao defunto, que nem liga mais se está sozinho, o corpo continua ali mas a alma foi embora para um lugar desconhecido, se não há Céu nem Inferno de que adiantou rezar e fazer o bem, vira pó tanto padre como ladrão, as meninas de alma loira com olhos azuis e os pretinhos aleijados-de-sífilis, minha avó e meu avô. Sem rumo, ele anda pela casa chamando o nome dela, geme feito cachorro sem dono, os olhinhos míopes encolhem por detrás dos óculos de aro marrom, as mãos grandalhonas vão murchando que nem planta que se esqueceu de regar, e o gigante que era meu avô vira um quase-anão fedorento que não toma banho, não escova os dentes, não muda de roupa e mal toca na comida, só altas madrugadas desmaia de exaustão e tristeza no leito enorme, ainda maior depois da morte da minha avó.

Tento desviar a vista quando ele me pergunta onde ela está, finjo não ouvir sua voz como fazem minha mãe e minhas tias e meus primos, ele ficou de miolo mole, todo mundo sabe, tem que tratar como criança, mas o desespero dele me contagia, é como se eu estivesse atrás de um brinquedo que nunca vou achar, crio coragem e corto o mal pela raiz, a vovó morreu, vô, nem adianta procurar. Ele me olha sem me ver, a vista cansada me atravessa e se fixa num ponto na parede, quem sabe está lendo minha frase pendurada no varal invisível em que as palavras são estendidas até secar e perder o sentido, daí solta um soluço e a maior lágrima que já vi na vida, gorda e espessa e redonda, do tamanho da sua dor, ela empoça no chão e nunca mais some, vira uma mancha igual à dos ratinhos ladrões de ovos do sofá azul-anil na fazenda da minha madrinha.

Aquela noite, para felicidade das minhas tias, que não compreendem a razão daquilo, meu avô entra no chuveiro, faz a barba e escova os dentes, penteia o cabelo, passa perfume, veste a camisa de cambraia e o terno de linho amarelecido de guardado, põe no bolso da calça o relógio

Patek Philippe de ouro com a correntinha para fora, ele capricha como se tivesse um encontro importante, transforma-se de novo no homem imenso que sempre foi, bonito de fotografia, devora o jantar com apetite de leão e vai dormir cantarolando. Deito na cama e agradeço a Deus, em quem nem mais acredito, é um milagre que não pedi mas Ele deu assim mesmo, a casa inteira cai num sono profundo de quem saiu de um pesadelo, mas no dia seguinte meu avô não acorda para tomar o café-da-manhã, vamos até o quarto e na penumbra vejo seu vulto na mesma posição de ontem, recostado sobre os travesseiros para não amassar o traje alinhado, no rosto o sorriso pousado como um pássaro, se a paz não fosse representada pela pomba mãe de Jesus Cristo de cuja existência nem mais sei se duvido, meu avô, de tão tranqüilo, tomava o lugar dela que ninguém ia notar a diferença.

50

Meu avô é enterrado junto da minha avó com a aliança que não conseguem tirar, acabam se conformando com o desperdício, apesar dele não sentir dor é pecado e talvez sacrilégio cortar fora dedo de gente mesmo estando morta. Ele fica em cima dos filhinhos que morreram antes de completar cinco anos de idade e depois de tanto tempo viraram pó igual sabão Rinso, melhor assim, não sentem o peso dos caixões, que esmagariam os ossos se ainda houvesse algum inteiro, mal selaram a cova e tiveram que reabrir, se existe alma a da minha avó aproveitou a chance e voou para longe quando levantaram a tampa de cimento, que ela escapou não há dúvida, não vi, mas me contaram, dava para sentir o ventinho soprando lá de dentro, para onde foi ninguém desconfia, nem eu, que não acredito em Deus nem no seu reinado de Céu e Inferno, com o Purgatório de permeio.

Dizem que o do meu avô foi um jeito bom de morrer, se é que morrer possa ser bom, mesmo quando se está velhinho de miolo mole e sem a mulher com quem se passou quase sessenta anos, seria mais tempo não tivesse ele ido estudar em Manchester deixando minha avó presa pela promessa de casamento com a pulseira de ouro de cadeado cuja chave só ele tinha para abrir ao voltar dali a cinco anos e ter uma ninhada de filhos que nem bicho, muitos morriam, antes prevenir do que remediar, fossem só quatro, que nem os de minha mãe, não teria sobrado nenhum para contar a história. Também falam que meu avô morreu de paixão, mas eu sei que não. Ele morreu por causa da ferida invisível, ela sangrava sem parar, latejando noite adentro que nem o machucado da minha amiga que perdeu o pai, coitado.

Desta vez minha mãe se consola rápido, já eu não sei o que sinto, talvez culpa e saudades sem alívio, nem adianta tocar com a ponta dos dedos na cicatriz do quadro que meu irmão um dia furou, ele já saiu da parede e foi levado embora junto com outros móveis e objetos, só espero que ainda reste a pulseira de ouro, ensaio perguntar à minha mãe, que ao lado das minhas tias desmonta a casa e divide o recheio entre elas, menos com a mulher do tio que se separou dele e ficou Imoral, resolveu viver com outro em vez de agüentar o marido como a outra que minha avó não deixou desquitar, ela bem tinha avisado, depois era tarde, o jeito foi se sujeitar, resignar-se e carregar a cruz, dever de toda mulher, para umas é mais leve, para outras pesada, apenas homem pode fugir do destino, não se casar nem nada, que nunca vai virar Imoral ou ser criticado pela sociedade, elas comentam entre si e eu escuto calada.

Enquanto minha mãe e tias vasculham a casa toda revirada, caminho devagar pelos aposentos vazios, sem querer meus olhos se enchem de lágrimas, pensam que é por causa dos meus avós, mas é por outra coisa que não sei direito, primeiro o terraço de soalho vermelho não tem mais as cadeiras de ferro nem a mesinha de bambu com tampo de vidro, em cima dela ficava o cinzeiro de roda de carro de borracha que eu apertava até derrubar bitucas no chão que sempre tinham acabado de encerar, de lá procuro o carro do meu avô, quem sabe possa respirar o cheiro do couro que recobre os bancos, alisar a madeira do painel e do volante, apertar os botões que acendem a luz interna para iluminar o automóvel como uma estrela, até meu avô ralhar senão arria a bateria e o motor não pega, ele grita comigo apesar de nunca sair porque o motor engasga e nunca pega, mas paro num susto porque o Buick não está mais lá, venderam ou deram de presente, quem ia querer uma lataria que nem roda direito, tivessem me perguntado eu daria minha coleção de garrafinhas inteira em troca dele, nem se preocuparam em saber o que eu achava, menino não tem opinião, deve ser contrariado para aprender que nem tudo na vida são flores, senão cresce cheio de vontade e não serve para nada, fica igual ao meu tio mimado que virou um zé-ninguém, nem a mulher conseguiu manter, coitado, por sorte é uma a menos para partilhar a herança da minha avó, isso minhas tias não dizem mas pensam, eu sei.

Abandono o conforto do carro que está apenas na minha imaginação, sem ser notada pelos adultos Ocupados em discutir quem pega o quê, entro na sala-de-visitas-de-cerimônia, ela costumava ficar trancada pela chave da argola na cintura da minha avó, agora está aberta, não tem argola e muito menos avó, de novo meu coração encolhe diante do vazio justo às vésperas do Natal, quando montavam a gruta de papel-lixa imitando granito para São José e Maria ajoelharem perto do berço onde Jesus recém-nascido descansaria depois de sair da mãe dele, apesar de filho de Deus tinha mãe de carne e osso e ela vivia com um carpinteiro, que não deve ter entendido nada quando a mulher apareceu de barriga grande, não fui eu quem pôs essa criança aí, o pior é que nem cena de ciúme podia fazer, é pecado achar Imoral a mãe de Deus, resta fingir que está tudo bem, escavar a madeira e ensinar o ofício ao menino, que tem a mania de se dizer rei dos reis, um dia os romanos escutam e o crucificam com os rebeldes, está claro que esta história não vai ter final feliz, o negócio é desembrulhar os presentes dos reis magos junto ao lago de espelhinho que minha avó colocava no meio de musgos para imitar vegetação.

Dou meia-volta e entro no quarto de casal, que minhas tias deixaram na maior bagunça, caixas empilhadas ao lado da cama onde minha avó dormiu o último sono, toco no colchão que abafou seus gemidos derradeiros, de lá minha vista percorre os armários escancarados, o perfume dela provoca uma dor que dilacera por dentro, nunca mais serei a mesma e esta casa também não, nem a coleção da

National Geographic encontro no escritório do meu avô, decerto repartiram entre os netos maiores, que sempre brigaram pelas revistas de fotografias coloridas de longes e de gentes e de países distantes, nem precisa falar inglês para ler as páginas que se abrem com um sorriso convidativo, viaje conosco, é como nos livros que me levam embora, mesmo sem sair do lugar vôo para mais longe do que num avião a jato.

Lá fora faz um sol de alegria, ele nem liga para meu luto, desço os seis degraus até a lavanderia e dou a volta em torno da tela armada sobre pés de madeira para quarar roupa branca, está vazia e abandonada. Aspiro fundo para recuperar as imagens perdidas com a morte do meu avô e da minha avó, estão levando embora os cheiros e as cores, que se esvaem por entre meus dedos feito areia, fogem mais rápido do que a amizade das meninas que são a nata da nata da nata.

Como último recurso aperto os olhos, talvez enxergue o essencial, só então vejo o que tanto buscava, no canto meu tio estende a mão, ele não diz nada, mas posso ler seus pensamentos, venha comigo, Formiguinha, não precisa ter medo, é a voz grave-aguda que brinca nos meus ouvidos, os olhos azulam por detrás dos óculos de aro dourado, tremo de contentamento ao vê-lo soltando rodinhas de fumaça no ar só para me fazer rir.

O acre do cigarro de palha invade meu peito e desce pelo corpo, saio flutuando como um anjo sem asas, o ocre do fumo reaviva o anil das roupas quarando no estrado, agora já posso rever a Mãe Principal com perfume de alfazema e cabelos soltos para dormir, é bonita feito as imagens das santas nos livros de catecismo, ela me conduz no silêncio cálido do domingo em que apenas nós duas colhemos cera que as abelhas fabricam como passarela de entrada na colméia do jardim.

Esta obra foi composta por Raul Loureiro em Perpetua e impressa
pela Geográfica em ofsete sobre papel Pólen Soft da Suzano Bahia Sul
para a Editora Schwarcz em maio de 2005